NO FUNDO DO QUINTAL

Menalton Braff

Ilustrações

Desk Gallery

1ª edição

 FTD

São Paulo – 2010

Copyright © Menalton Braff, 2010
Todos os direitos reservados à
EDITORA FTD S.A.
Matriz: Rua Rui Barbosa, 156 – Bela Vista – São Paulo – SP
CEP 01326-010 – Tel. (0-XX-11) 3598-6000
Caixa Postal 65149 – CEP da Caixa Postal 01390-970
Internet: www.ftd.com.br
E-mail: projetos@ftd.com.br

Diretora editorial	Silmara Sapiense Vespasiano
Editora	Ceciliany Alves
Editor assistente	Luiz Gonzaga de Almeida
Assistente de produção	Lilia Pires
Assistente editorial	Tássia Regiane Silvestre de Oliveira
Preparadora	Elvira Rocha
Revisor	Adolfo José Facchini
Coordenador de produção editorial	Caio Leandro Rios
Editora de arte	Andréia Crema
Projeto gráfico, diagramação e capa	Sheila Moraes Ribeiro
Gerente de pré-impressão	Reginaldo Soares Damasceno

Menalton Braff, romancista e contista consagrado, recebeu em 2000 o Prêmio Jabuti, da Câmara Brasileira do Livro, com *À sombra do cipreste*, eleito Livro do Ano de Ficção. Publicou, pela FTD, o romance juvenil *Copo vazio*.

Dados Internacionais de Catalogação na Publicação (CIP)
(Câmara Brasileira do Livro, SP, Brasil)

Braff, Menalton
    No fundo do quintal / Menalton Braff ;
ilustrações Desk Gallery. — 1. ed. — São Paulo :
FTD, 2010.

   ISBN 978-85-322-7438-0

   1. Romance – Literatura juvenil   I. Gallery,
Desk. II. Título.

10-07876   CDD-028.5

Índices para catálogo sistemático:
1. Romance: Literatura juvenil   028.5

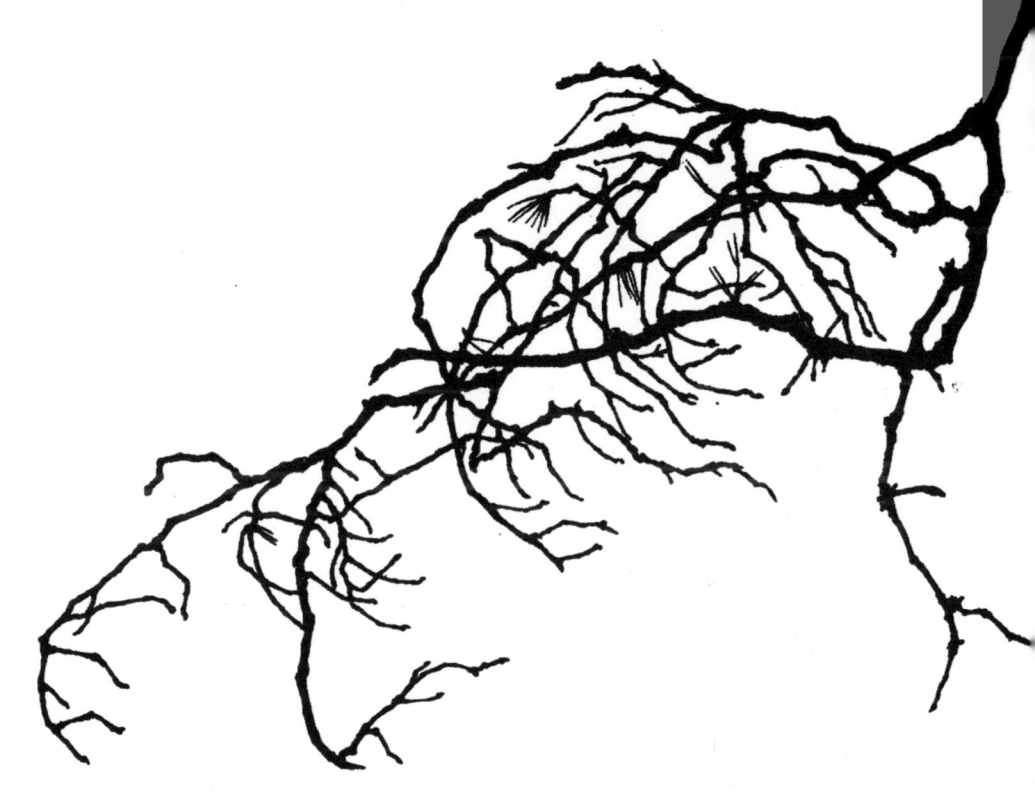

- Um barulho estranho **8**
- Café com bolo **22**
- Tesouro escondido **37**
- Sono pesado **54**
- Um monte de livros **68**
- Acidente na estrada **80**

Uma conjetura **94**
A casa da Beatriz **111**
Livros comprometedores **123**
Numa tarde de feriado **138**
A casinha do velho Anastácio **152**
Domingo de manhã **161**
Revelação do segredo **171**
Finalmente as férias **182**
Sozinhos à espera **194**

Um barulho estranho

Um barulho estranho

Então eu paro, teso pensante, parado olhando. Olho pra trás e pra frente. Nossa trilha não progrediu grande coisa, mas agora o mato é mais ralo e menos grosso, acho que vamos abrir mais rápido. Nas árvores, estas troncudas aí, não mexo, elas ficam como estão. O que preciso derrubar são estas varetas de canela fina e arrancar o mato rasteiro pra deixar uma trilha de terra. A Fernanda me diz que estou brilhando, o rosto e o peito suados. O sol não dá folga e aqui o ar não se mexe de tão velho que é o lugar. A Fernanda está sequinha porque não faz força. Às vezes eu brigo com a Fernanda, principalmente quando ela não entende o que eu quero e me parece que não entende porque não quer. Minha irmã. Muito minha irmã. Não preciso de companheira melhor do que ela. Pois minha irmã vem me ajudando bastante. Os arbustos que derrubo e a relva que arranco com a enxada é ela quem recolhe e leva pra um monte lá perto do muro da direita, depois daqueles cacos de telha. Assim a trilha já vai ficando limpa.

Hoje foi nosso primeiro dia de aula e fiquei conhecendo um pouco os colegas e quatro professores. A Beatriz frequenta a mesma escola, mas a gente só se encontrou no recreio. Nós três ficamos juntos, o tempo todo. A Fernanda fica rindo de mim porque eu não sei o que dizer, assim, de coisa séria. Mas acho que nem preciso. Depois dos deveres foi que viemos para o fundo do quintal.

Minha irmã me pergunta: O que é que você viu? E eu não respondo logo, ainda calculando, escolhendo, vendo o que se pode fazer. Ou o que se deve fazer. Só então explico à minha irmã que uma trilha em linha reta, como eu tinha pensado no início, é um caminho que qualquer idiota pode descobrir. E nossa cabana não pode ficar exposta a qualquer olho de infiel, por isso estou pensando num plano diferente, com passagens secretas de uma trilha à sua continuação, mas em zigue-zagues, como num labirinto. Tenho de explicar a ela o que é labirinto, eu, que não tenho muita paciência pra explicações. Prometo a ela que depois eu empresto o livro da lenda do Teseu e do Minotauro. Acho que a Fernanda vai gostar.

Um barulho estranho

Bem, já escolhi uma passagem entre duas árvores, dois passos à esquerda sem derrubar o mato. Fica um túnel por onde vamos ter de passar de quatro. A Fernanda arranha o joelho e ameaça chorar. Que aventureira é você, eu pergunto, que chora por causa de um arranhãozinho sem-vergonha como esse? Minha tática de apelar aos brios dela dá certo e ela continua avançando pelo túnel. Se tivesse cabelo mais comprido, minha irmã, acabava engarranchada no teto de nosso túnel: cipós, baraços com espinhos e galhos.

Ela desemboca do túnel, de quatro, mas com um ar tão triunfante, que o orgulho dela parece que fica escorrendo de sua boca. Esta sim, esta é a minha irmã.

Começo a derrubar o mato e com muita dificuldade a Fernanda vai jogando o que derrubo pra fora da trilha. Agora ela não tem mais como carregar tudo até o muro da direita. Passar de quatro pelo túnel com as mãos cheias de mato, é claro, isso é impossível. Mas ela se vira bem, vai enfiando tudo que corto, arranco, derrubo, nas laterais da trilha.

Volto a sentir muito calor, apesar de estarmos protegidos pela sombra rala de uma árvore. E é como eu pensava: no mato mais ralo o progresso é mais rápido.

Acho que está na hora de arrombar o mato por baixo e criar outro túnel, mas agora para a direita. Assim. A Fernanda dá risada das minhas ideias e diz que eu devia ter nascido índio, pois me dou muito bem no meio do mato.

Ouvimos um barulho de graveto quebrando e paramos com o silêncio abrindo muito nossos olhos. Foi ali, pertinho, é a minha impressão. A Fernanda me olha com o medo travando seu olhar. Mas o que será que foi isso? Finalmente tento encorajar minha irmã e garanto que foi um gato. Que outro bicho poderia andar por aqui, num terreno todo murado, nos fundos de uma casa? Meus pelos começam a desarrepiar, respiro muito melhor agora, por isso acho que podemos continuar arrombando o mato pra terminar o túnel. Já falta bem pouco.

O lugar aqui está ótimo, bem protegido pelo mato mais fechado e não muito longe do muro dos fundos.

– Agora – eu digo pra Fernanda –, enquanto eu abro uma clareira aqui, você vai buscar a picareta, certo? Deixei lá perto daquela poltrona esburacada. Sabe onde é, não é?

E ela, minha irmã, soldado valente, se atira pelo túnel e desaparece. O barulho dela se arrastando vai atrás dela e some também.

Fico sozinho construindo nossa cabana com a imaginação. Claro que antes de começar fiz mil perguntas a meu pai, pedi explicações e sugestões, sem que ele percebesse o plano que dentro da minha cabeça já começava a nascer. Quatro esteios enterrados, cercando quatro metros quadrados: duas vezes dois. Aprendi isso no ano passado. Um aqui, outro ali, e os outros dois lá adiante. O terreno aqui é plano e vai ser fácil criar um piso de terra bem socada.

Aí vem ela com a picareta na mão e um brilho vitorioso no rosto. A Fernanda. Por mim eu até que parava por aqui, braços, pernas, o corpo todo pagando pela falta de costume, mas no posto de comandante não posso demonstrar cansaço.

A parede da frente vai ficar aqui, então dou a primeira picaretada e abro um buraco na terra. Minha irmã dá um pulo com um grito saudando o início de nossa cabana. A alegria dela me dá força que se distribui pelo corpo todo. Continuo alargando e afundando o buraco onde vamos fixar o primeiro esteio. Enquanto isso, a Fernanda vai terminando de limpar o espaço escolhido.

– Sabe, Eugênio, eu vi um gato em cima do muro, lá no fundo. Quando me viu, ele se jogou desesperado e desapareceu.

A picareta bate numa pedra, lá no fundo. A Fernanda não ouve o barulho porque não para de falar sobre o gato, com toda certeza o barulho que a gente tinha ouvido, não é mesmo? Abro um pouco mais o buraco e encontro no fundo mais uma vez esta pedra.

– Fernanda, vem até aqui. Você não acha que o barulho da pedra é meio estranho?

Minha irmã se concentra com a cabeça me atrapalhando e peço que ela se afaste um pouco. Ela se agacha para ficar mais perto do barulho.

Bato com a ponta mais fina da picareta na pedra: o mesmo barulho.

– Parece que tem uma coisa oca aí embaixo, Eugênio. Um barulho redondo.

Tiro mais um pouco de terra com a mão, espiamos os dois e, no fundo, não distinguimos nada além de uma pedra que parece muito grande.

Nossa mãe grita o nome da Fernanda depois o meu, preocupada com o sumiço da gente. É hora de interromper os trabalhos.

– Nem um pio, combinado?

– Combinado.

Selamos o acordo com o estouro das mãos abertas encontrando-se no ar.

Na boleia do caminhão, o motorista e seus dois ajudantes não viam o estado de ansiedade em que vinham os dois irmãos, o Eugênio e a Fernanda, sentados no banco traseiro do carro. Corriam muito automáticos atrás do dono da mudança, sem interesse pela paisagem, lutando contra o sono da barriga cheia. Fazia uma meia hora que tinham saído da estrada de duas pistas, a estradinha esburacada já passara ao largo de uma cidade até que razoável, Coivara, quando viram a placa de Mairi Mirim, entraram por estrada mais estreita ainda e finalmente começaram a aparecer umas casas sem cara de ser a sede de alguma fazenda, mas que também ainda não eram inteiramente urbanizadas. A estrada escalou uma colina e Álvaro aliviou o acelerador.

— É ali, olhem.

Os dois filhos amontoaram seus quatro olhos na mesma janela, uma janela estreita que para eles parecia pequena demais para o tamanho da vontade que sentiam de ver a cidade pela primeira vez.

As casas que olhavam a estrada desde as duas margens iam aumentando com feição mais faceira, muito presumidas, repletas desta alegria urbana de não serem sozinhas. Sumiram os galpões, as carroças, o gado no pasto, os fornos de tijolos. Depois de uma horta separada apenas por uma cerca de arame farpado da estrada, surgiu uma oficina mecânica de pé direito duplo, com pedaços de caminhões na frente e restos de automóveis no interior escuro. O primeiro armazém, com letreiro mal enjambrado anunciando seu nome.

De repente, sem nenhum aviso, a estrada transformou-se numa rua larga, com restos ainda da vida rural. Paralelepípedos mal assentados faziam o carro sacolejar. Atrás, como se não tivesse vida própria, vinha o caminhão com a mudança.

Eugênio e Fernanda não desgrudavam o nariz dos vidros do carro. Foi ela quem fez o primeiro comentário.

— Que cidade suja, pai.

— Calma, filhota, isto aqui é ainda um bairro afastado. O centro nem é tão ruim assim. Você vai ver.

Dois quarteirões além, o pai avisou que estavam chegando ao centro da cidade.

Entraram por uma avenida com postes de eucalipto separando as duas pistas, armazéns de altas e largas portas expondo fardos e sacos, implementos agrícolas, lojas de roupa, bares e mercearias. Mais dois quarteirões à frente, o carro abandonou a avenida e tomou uma rua estreita e comprida. As crianças, percebendo que se afastavam do centro, olharam-se decepcionadas.

— Aquilo lá era o centro, pai?

— Ah, não, paizinho, mas esta cidade é muito feia!

Fernanda, quando precisava, sabia usar muito bem sua voz de chorar.

— Puxa, pai, o senhor não podia ter escolhido uma cidade melhor?

Álvaro e Ester ergueram as quatro sobrancelhas ao mesmo tempo. Durante alguns segundos só se ouvia o ronco do motor do carro. Por fim, quem resolveu explicar foi a mãe, mais habilidosa no trato com os filhos. Começou dizendo que o marido havia cansado da vida de bancário sem vocação.

Por isso tinha estudado todos aqueles últimos anos à noite, preparando-se para mudar de atividade.

— Seu pai passou no concurso, mas não teve tempo de se preparar direito, entendem? A classificação dele não foi muito boa e na hora da escolha o que sobrou foi esta cidade. Não é muito bonita, mas se vocês pensarem que este é o início de uma carreira e que mais tarde ele pode ser removido, acho que não vai ser difícil suportar.

Os dois, no banco de trás, ouviam com ar muito sério o que a mãe dizia, agora, entretanto, sem o entusiasmo da manhã nascente, quando se sentiram começando uma aventura.

As casas começaram a escassear na proporção em que apareciam pomares no fundo dos quintais e árvores de sombra protegendo as varandas da frente. O calçamento foi acabando aos poucos até chegar a uma rua de terra. Os irmãos espantavam-se com a paisagem onde o carro e o caminhão penetravam porque era um lugar quase ermo, de casas velhas, por isso mantinham-se mudos e de olhos abertos sem piscar.

Quando o carro e o caminhão pararam na frente de um portão velho, enferrujado, os dois, simultaneamente, adivinharam o destino.

— Aqui, pai?!

A voz de Eugênio saiu manchada de indignação, uma voz cheia de incredulidade.

Antes de descer do carro, Ester virou-se para trás e advertiu:

— É aqui mesmo. E sem bronca, senhor Eugênio. Foi a única casa nesta cidade que seu pai conseguiu. O que mais importa, ouçam bem, crianças, o que mais importa não é o espaço onde se vive. Ouviram bem? O que importa é o que a gente faz do espaço.

E depois de uma pausa em que os filhos não se mexiam, fingindo-se de estátuas, Ester abriu a porta do carro.

— E vamos descer logo, porque o povo do caminhão precisa descarregar a mudança.

Fernanda e Eugênio entraram pelo portão aberto, olhando desconfiados para todos os cantos daquele lugar mais parecido com cenário de filme de terror. Na frente da casa, além das copas de um oiti e de um cinamomo, bem vivas, até meio alegres, o resto era só abandono.

Café com bolo

O mesmo barulho de ontem. A Fernanda me pede pra bater com o cabo da sua enxada na pedra e eu concordo com sacudidas de cabeça. Ela então bate duas, três vezes, toques rápidos, com sonoridade, e olha rindo pra mim, de tanto que gosta do barulho diferente com que a pedra responde. Nós dois rimos do mesmo jeito e batemos no fundo do buraco onde aparece a pedra como se fosse uma festa.

Aqui onde estamos tenho de afundar a cova um pouco mais porque vai ser o lugar de um esteio. Mas primeiro tenho de matar nossa curiosidade: uma pedra oca? Começo a tirar a terra que cobre a pedra com a pá, e a Fernanda me ajuda puxando a terra com a enxada para um canto afastado da nossa futura cabana.

O mato atrapalha o serviço enfiando galhos nas minhas costas, na minha cabeça, por isso sou obrigado a largar a pá e abrir mais a clareira com o facão. Um bando de pássaros pousa com barulho na árvore aqui do lado. Eles são pretos, com um rabo mais comprido do que o corpo, e choram muito, todos juntos, porque de certo estão estranhando a gente por aqui. Eu jogo uma pedra no meio deles, que abrem o berreiro e se mandam muito desengonçados. A Fernanda solta seu riso que vem rolando agudo como o de uma criança da idade dela.

Já desenterrei dois palmos da pedra e agora paro um pouco me recolhendo sentado sobre um monte de terra com os braços sujos, úmidos e cansados. Olho com mais atenção e descubro, Olha aqui, Fernanda, que não é pedra coisa nenhuma, o que você está vendo?

– Olha aqui, Fernanda, o que você está vendo?

Minha irmã, tem horas que é muito estúpida ou se finge de besta.

– Uma pedra, ué!

– Que pedra coisa nenhuma, Fernanda. Olha direito.

Ela primeiro me deixa irritado com a pedra teimando na sua cabeça oca. Então limpo melhor os dois palmos de superfície descoberta e mando que ela olhe outra vez. A Fernanda faz sua cara de espanto, as sobrancelhas muito levantadas, e me olha.

– É de cimento, Eugênio?

– Pô, pensei que você não fosse perceber. Tem jeito de uma laje de cimento.

– Mas então era por isso o barulho diferente, não é, Eugênio?

Fico em dúvida, talvez seja. Bato com o cabo da enxada na ex-pedra e o barulho não é de um cabo de enxada batendo numa peça de cimento.

– Existe um oco por baixo desta placa de cimento, Fernanda. O barulho ressoa, parece um tambor.

Estou morrendo de sede e peço a minha irmãzinha para dar um pulo até lá em casa pra trazer uma garrafa de água gelada. Ela se joga de quatro no primeiro túnel e desaparece. Ouço gravetos quebrando lá adiante, depois das duas árvores entre as quais passa nossa trilha.

Me levanto e recomeço o trabalho. Rasgo a terra numa valeta estreita até o limite da laje. Agora não tenho mais dúvida: é uma laje de cimento. Será um poço fechado? Um poço?! Mas por que fechado e escondido debaixo da terra? O monte de terra começa a crescer e me incomodar.

No fundo do quintal

Além disso eu morro de sede. Se a Fernanda demorar mais um minuto, vai encontrar um cadáver deitado no piso de uma futura cabana. Que a língua incha. Eu li.

Aí vem ela, minha salvação. Já abri todo um lado da laje e a Fernanda, depois de me entregar a garrafa, vai se agachar do outro lado pra ver melhor o meu trabalho. Bebo a água no gargalo porque sou um aventureiro no meio da floresta. Tento enterrar a pá no chão, mas ela não afunda porque encontra umas raízes. O trabalho se torna mais lento porque agora sou obrigado a ir cortando um feixe de raiz em cada pazada. A Fernanda já puxou quase todo o monte de terra que ficava me atrapalhando.

Paro pra descansar um pouco e a Fernanda senta perto de mim.

– Sabe, ela diz, a mãe me encontrou na cozinha e perguntou onde é que a gente anda.

– E você, o que foi que você disse a ela?

A Fernanda esboçou seu sorriso mais malicioso, com uns olhos de brilho mau.

– Eu disse que a gente estava brincando debaixo das laranjeiras.

– E ela acreditou?

– Mas claro. Tomem cuidado porque pode aparecer algum bicho, foi o que ela disse.

Ficamos quietos respirando pela boca e pelo nariz todo ar que podemos. Foi uma mentira da Fernanda, mas, enfim, quem exigiu segredo fui eu. Ela parece orgulhosa da saída que deu pra não sermos descobertos. Enfim, é tudo faz de conta, mentira que a gente finge ser verdade.

O grito da Fernanda me assusta e ela aponta com o dedo, o braço e os olhos na direção do mato que fica mais perto do muro, a parte mais de trás. Eu olho sem ver nada no início até que descubro um lagarto todo carijó mostrando a língua. Ele está parado examinando e desconhecendo este lugar por causa da nossa obra, todas essas transformações. Eu também estou com um pouco de medo, pois é um bicho bem feio, com cara de antediluviano. Pego um torrão e jogo na direção do filhote de dinossauro e ele se vira de costas pra nós e some quebrando graveto até desaparecer nos costados do muro. A Fernanda pede pra ir embora, que está com medo.

– Não agora, Nandinha, agora falta muito pouco pra remover toda a terra.

Recomeçamos o trabalho de modo mais acelerado, um pouco por causa do medo, eu acho, vontade de terminar logo.

Olha eles aí outra vez, os pássaros barulhentos. Dou um pulo com os braços abertos e eles se assustam, voltando pelo mesmo caminho para o outro lado do muro. Logo, logo começam as aulas, por isso tenho pressa de terminar a cabana. Agora me aparece este mistério aqui.

– Você acha que é um poço, Fernanda?

Ela ergue os dois ombros, dizendo que não sabe.

Pronto. Como se fosse uma tampa com um passo de comprimento e um passo de largura. A Fernanda diz que ouviu o ronco do motor do carro e quer voltar pra casa: nosso pai está chegando da escola.

Já era noite quando o motorista e seus ajudantes terminaram de descarregar a

mudança, tomaram muita água na torneira da cozinha, acertaram as contas e pegaram o rumo de volta. A casa foi escurecendo e as crianças queixaram-se, dizendo que era tétrica. Ester foi quem perguntou espantada:

— De onde vocês tiraram essa palavra, crianças?

— Ah, mãe, então a senhora não tem o costume de ler? Qualquer livro com histórias de terror tem essa palavra.

Mas a conversa a respeito da palavra não rendeu muito mais do que isso, pois já começava a ficar difícil enxergar direito dentro de casa. Então Álvaro acendeu duas velas, uma na cozinha e outra na sala. Fizeram um lanche rápido, que ainda não dava para outra coisa, ajeitaram os colchões no chão da sala e os quatro passaram antes pelo banheiro para então vir apalpando o mundo mal-iluminado até encontrar os colchões. A casa, toda fechada, guardava bastante calor e ninguém quis se cobrir. O pai apagou as velas, todos se desejaram boa noite e procuraram uma posição que incomodasse menos o corpo nas horas de escuro que tinham pela frente.

Mal um início de claridade começou a invadir a casa pelas venezianas, Ester se levantou fazendo barulho suficiente para que todos acordassem. Ela estava muito animada com a perspectiva de uma vida diferente, em que o marido se sentisse mais feliz, por isso até o trabalho que teriam ainda pela frente, naquele sábado de manhã, era encarado com entusiasmo. Começou abrindo as janelas, para que entrasse um pouco de ar mais fresco, abriu as portas e conseguiu ajeitar, com a ajuda de Álvaro, um canto para fixar o fogão. O marido engatou o tubo do gás no fogão, testou a conexão para que não houvesse vazamento, e, finalmente, na presença da família reunida, acendeu o primeiro bico do fogão em meio à gritaria de festa de todos. Estava inaugurada a nova cozinha.

Depois de um café rápido e frugal, a família dividiu-se por tarefas, algumas coletivas, como colocar o guarda-roupa em seu lugar, outras individuais, serviço mais leve que até a Fernanda conseguia realizar.

A metade da manhã tinha passado correndo, porque o tempo, quando se tem muito que fazer, dá a sensação de que voa, de tão rápido que passa. O interior da casa ia tomando forma do interior de uma casa. Álvaro tinha fixado os armários de aço na parede da cozinha, por cima da pia e em uma parede ao lado. A geladeira estava ligada e, apesar de quase vazia, começava a roncar baixinho para dizer que a água já estava mais fresca. Montar as camas ficou a cargo de Ester e Eugênio, que terminaram de montar as três camas da família onde puseram os colchões. Fernanda encarregou-se dos lençóis, das colchas e travesseiros. Na sala ainda havia caixas de papelão muito pesadas, com louça, panelas, livros, peças de roupa, um milhão de miudezas que esperavam com paciência a hora de saltarem para seus lugares.

Ester, no meio da sala, enfiou os punhos fechados nas ilhargas, as pernas um pouco abertas fincadas com firmeza no piso, e muito equilibrada pôs-se a olhar em volta com uma satisfação que seu rosto não conseguia disfarçar. Seus olhos brilhavam e seus lábios abriram-se em leve sorriso. A casa, sua nova casa, ia tomando jeito, ia ficando parecida com ela. Nesse momento, Fernanda gritou do quarto que alguém batia palmas na calçada.

Cada um onde estava, todos desenrolaram o corpo, a cabeça no alto, ouvindo, para ter certeza de que realmente batiam palmas na frente de sua casa. Pode ser quem? Foi o pensamento comum aos membros da família.

— Quem pode ser? — Ester perguntou de modo que fosse ouvida por sua gente, enquanto se dirigia para a porta da frente.

Do outro lado do portão, uma mulher e sua filha. Só podia ser filha, porque tinha o mesmo cabelo cor de mel escorrido sôbre os ombros, o rosto oval, regular, e o mesmo sorriso meio acanhado dançando no semblante.

— Pois não?

Ester não chegou a abrir inteiramente a porta: quem poderia ser, se acabavam de chegar à cidade?

Com a mão direita apoiada na ferragem do portão, a mulher que trazia ao lado uma menina que era ela mesma muitos anos antes, cumprimentou antes de perguntar:

— Ontem eu vi um caminhão de mudanças aqui e fiquei contente porque neste bairro se tem muito poucos vizinhos.

— Sim, descarregamos a mudança ontem.

— Então me desculpe o momento, mas vim fazer uma visita.

Atrás de Ester havia uma reunião com cara de clandestina de toda sua família. Encorajada por não estar sozinha, ela abriu inteiramente a porta e um sorriso simpático, como ela sabia sorrir.

— O portão só está encostado, minha senhora. Faça o favor de entrar.

Mulher e filha, com passo igual passo leve, passaram pelo portão, subiram os três degraus da escada até a porta da sala, agora inteiramente aberta, pois a família de Ester deu três passos para trás, e a mulher se apresentou como Zilá, mãe de Beatriz, vizinha daquela casa ali, ó, estão vendo?, uns cinquenta metros adiante.

As duas entraram olhando a bagunça que ainda restava arrumar, enquanto Ester ia se desculpando pela mesma bagunça.

— Sabe como é — disse Ester —, ainda não tivemos tempo de arrumar tudo.

Zilá foi muito simpática, oferecendo-se para ajudar se tivessem necessidade. A família toda ouviu aquela oferta com ouvidos muito abertos e olhos deslumbrados. Sobretudo Eugênio, para quem Beatriz tinha o ar de uma princesa de tão bela que ela era. Como nem tudo estava arrumado, não tiveram como oferecer uma cadeira para a visita e ficaram de pé, conversando no rumo de uma grande simpatia entre os vizinhos.

— A senhora me desculpe, dona Zilá, mas não tenho condições de lhe oferecer nem um cafezinho ainda.

— Não, senhora, não tem nada que se desculpar. Eu que vim até aqui pra oferecer nossos préstimos de vizinhos a vocês. Beatriz, ponha a travessa em cima da mesa.

A menina obedece e descobre a travessa, onde surge um bolo imenso, úmido, com recheios que abrem o apetite das crianças. A própria mãe, então, retira da sacola que trazia uma garrafa térmica.

— Eu sei que vocês já tomaram café, mas a esta hora, depois de tanto trabalho, achei que gostariam de descansar um pouco e fazer um lanche.

Disseram ainda algumas palavras, breves, e se despediram, mãe e filha. Os quatro membros da família Galhardo ficaram da porta abanando porque tinham gostado muito daquelas duas.

Depois, resolveram descansar um pouco, para isso trouxeram duas cadeiras e dois banquinhos para provar o bolo da vizinha.

— Linda, linda — comentou Eugênio —, parece uma princesa.

Era uma festa, aquilo, os quatro soltando gargalhadas por causa do Eugênio, por causa do bolo com café quente e da casa, que já tomava jeito de casa.

— Mãe, eu acho que o Eugênio já começou a gostar de Mairi Mirim.

Os três abriram as portas de suas gargalhadas, enquanto Eugênio ficou apenas muito vermelho.

Tesouro escondido

A trilha e os túneis estão ficando marcados de gente. Cada vez que passamos por eles, arrancamos alguma raiz, cortamos um pouco de galhos intrometidos em nosso caminho, amassamos um pouco da terra nua onde a enxada retirou a relva toda. Hoje o lagarto não vai ter a cara de pau de aparecer de novo porque joguei pedras e torrões pra todo lado. Se ele andava por aqui, já deve ter sumido no mundo com cara de susto. Fiz isso a pedido da Fernanda com sua voz ensaiando choro.

– Você espanta ele pra mim, hein, Eugênio? Eu tenho medo.

Tivemos de fazer duas viagens pra trazer as ferramentas necessárias. Na primeira, trouxemos a picareta, uma pá, a enxada e o facão. Tive de limpar um pouco mais de mato pra poder trabalhar melhor. Até que tentei levantar esta tampa com a picareta, mas estava muito desajeitado e não conseguimos. Este é um serviço bruto, muito pesado, e a Fernanda não é de muita serventia, mas foi comigo porque não quis ficar aqui sozinha. Depois que viu aquele dinossauro com a língua de fora, até com o vento nos galhos ela se assusta.

Então aproveitei e disse a ela que se encarregasse da água e do lanche. Foi duro atravessar este segundo túnel, muito estreito, arrastando o pé de cabra e esta barra de ferro.

Empurro o pé de cabra nesta fenda e forço a placa de cimento pra cima. Não consigo: ela parece estar colada. Dou alguns solavancos e peço à Fernanda que me ajude.

– Vem, Fernanda, se pendure aqui na ponta.

Com nosso peso somado, a laje solta a caixa e a Fernanda enfia a barra de ferro no vão que abrimos, como um calço. É uma festa e merece um descanso para o lanche. Abro a sacola que ela trouxe e só vejo duas laranjas e uma faca.

– Pô, que pobreza, Fernanda! Só isso de lanche?

– Credo, Eugênio, você acabou de almoçar!

– Mentira! Já são umas quatro horas, quer dizer, umas três, sei lá. Só sei que uma laranjinha destas não mata minha fome.

A Fernanda está mexendo na barra que mantém a lajota desgrudada da caixa de cimento e tenta enfiar um olho lá pra dentro, sem sucesso.

— O que será que tem aí, hein, Eugênio?

— Pelo barulho que fazia parece um poço.

— E se tiver cobra dentro desse poço, o que é que a gente vai fazer, Eugênio?

— Cobra eu não digo, mas rã e sapo, que gostam de água, isso sim, pode aparecer.

— Eu tenho medo de rã e de sapo. Você espanta eles?

Minha irmã, hoje, está muito medrosa. Eu não acredito em bicho vivo aí, porque não havia fresta nenhuma pra entrada de ar. Nem aranha, eu acho.

— E se for um tesouro escondido, a gente vai contar pros outros?

Olha só, eu não tinha pensado nisso, e não é que a pirralha pode ter razão?! Um tesouro enterrado no fundo do quintal. Nosso pai contou que antigamente, no Brasil, num tempo de muitas revoluções, os fazendeiros enterravam potes de barro cheios de peças de ouro pra não serem confiscados pelos revolucionários. Ele conta que até hoje tem gente fazendo buraco e rolando pedra com esperança de descobrir potes de ouro.

— Não, Nandinha, se for um tesouro, nós continuamos com nosso segredo até resolver o destino que pode ser dado a ele.

Termino de descascar uma laranja e a Fernanda me pede pra descascar a dela. Abro uma tampa na que já está descascada e a entrego à minha ajudante. Mais tarde, vou pedir a ela que vá buscar um sanduíche pra gente repartir.

Bem, hora de voltar ao trabalho. Forço a ponta superior do pé de cabra pra baixo, puxo com força e a laje de cimento levanta, mas não o suficiente para que possa ser retirada. O que se vê pela fresta aberta é que lá dentro está tudo muito escuro. Erguer esta tampa, como eu tinha pensado, não vai ser possível. Paramos um pouco pra pensar. Aproveito a parada e enfio a boca no gargalo da água. Não está mais gelada, mas continua bem fresquinha.

Removendo mais um pouco de terra, deste lado, pelo menos até ficar uns centímetros abaixo da tampa, acho que, usando o pé de cabra e esta barra, nós vamos poder arrastar ela para fora e descobrir a boca do poço. E se a Fernanda tiver razão com essa história de tesouro enterrado? A verdade é que estamos os dois bastante excitados com a aventura.

Já sei. Corto algumas raízes mais superficiais e, com a enxada, aplaino o terreno pra arrastar a tampa.

— Ô Eugênio, e se esse buraco esconder um corpo assassinado, o que é que você vai fazer? A polícia não pode botar a culpa em nós dois?

Minha irmã trabalha o tempo todo com a imaginação a mil.

— A gente fecha tudo e deixa como estava. Mas ó, segredo. Faz de conta que nós nunca estivemos aqui, entendeu?

Ela diz que sim com a cabeça. Tiro a camisa suada e a entrego à Fernanda, que a toma com as pontas dos dedos e, fazendo cara de nojo, a pendura num arbusto pra secar. Ela se volta rindo pra mim.

— Você está brilhando outra vez.

— Olha aqui, garota, vê se não fica aí parada dizendo bobagem. Vai até a cozinha buscar mais água e aproveita a viagem trazendo um sanduíche pra nós dois. Vai logo, Fernanda. Vai. Não aguento mais de sede.

Ela pega a sacola e, sem dizer nada, mergulha no primeiro túnel.

Uma última enxadada, e a área está limpa. Já podemos arrastar a tampa seja lá do que for. Mas estou muito cansado e o melhor é esperar a Fernanda. Sem a ajuda dela não tenho como remover essa laje.

Ouço a voz da minha mãe sem entender o que ela diz. Só percebo a resposta aguda da Fernanda. Brincando ali, mãe, debaixo das laranjeiras. A mãe diz mais alguma coisa e minha irmã responde: O Eugênio, com sede. Muito esperta, esta garota.

Aí vem ela. Trouxe um pano, que estende sobre nossa inimiga número um, a laje, e em cima dele põe um pratinho com as duas metades de um sanduíche e a garrafa com água.

– Sabe do que é que eu fiquei com vontade? – ela pergunta e não espera resposta. – De fazer um piquenique. Você e a Beatriz vão morar nesta cabana?

Tão esperta, mas tem horas que só diz bobagem.

– Você gosta de dizer besteira, não é, Fernanda?

Este ventinho que desce das árvores está me secando o suor e esfriando meu corpo. Precisamos nos movimentar pra não sentir frio.

– Com frio?! – ela se espanta.

Explico meu plano pra Fernanda. Levanto uma ponta da laje com o pé de cabra, ela enfia por baixo a barra de ferro, vou para o lado detrás e empurro a placa tudo o que puder.

Começamos a execução do que imaginei e a laje cede, abrindo novamente uma fresta por onde o escuro não nos deixa ver nada. A Fernanda enfia a barra como instruí, mas, quando vou passando para trás, a laje desaba em cima do meu pé.

– Pô, Fernanda, você deixou a laje cair! Ai, que dor, caramba, acho que quebrei meu pé.

Largamos tudo e Fernanda me ajuda a tirar o sapato. É uma dor insuportável. Só não choro porque não quero dar vexame. Tem uma mancha roxa no peito do meu pé. Minha irmã pergunta se pode fazer alguma coisa e eu digo que não. Então me convida pra ir embora.

— Sem ver o que tem aí dentro, ninguém me tira daqui hoje.

Enfim, a dor vai passando e acho que o estrago nem foi tão grande assim. Voltamos às mesmas manobras, só que agora com mais cuidado.

Consigo empurrar a laje uns dez centímetros. Paramos um pouco. Limpo melhor o caminho, levanto a ponta da laje, a Fernanda enfia a barra de ferro por baixo, vou para trás e empurro mais alguns centímetros. Agora já estamos treinados e sabemos como vai acontecer a remoção.

Metade da tampa afastada, já se vê uma coisa muito escura, um pretume só. Contenho a curiosidade e continuamos arrastando a tampa até que o buraco fique completamente descoberto. Não, poço não é. Não tem água e é um pouco raso. Nos debruçamos os dois para observar melhor o conteúdo do buraco. É como uma caixa de cimento, e isso aí dentro parecem dois sacos de plástico preto bem fechados e amarrados com tiras de lona.

Minha irmã recua um pouco.

– Tou com medo, Eugênio. Você imagina o que tem dentro desses embrulhos?

– Claro que não, garota. Mas pode ser um tesouro escondido.

– Ou um defunto assassinado.

Mas já está ficando escuro e precisamos ainda carregar as ferramentas para o quartinho ao lado do tanque, pois meu pai não deve sentir a falta delas. E ainda tenho de terminar uns exercícios de matemática.

※

Enquanto trabalhavam puxando, varrendo, empurrando, escolhendo o melhor lugar para cada móvel, cada objeto, a tarde de sábado escorria quente e barulhenta. Cada um executando a tarefa determinada pela regente da casa, a Ester. Para Fernanda tocou arrumar a cozinha e, depois de alguns ajustes na posição dos móveis, tarefa coletiva, ficou lá sozinha separando copos, garfos, colheres e facas, limpando o armário debaixo da pia, arrumando as panelas, ocupando as gavetas, enfim, deixando tudo pronto para produzir os alimentos de cada dia nos dai hoje.

Para Álvaro tocou o serviço mais pesado. Ajudava os outros na remoção ou alocação de móveis em seus devidos lugares, seguindo desenho feito por Ester de manhã bem cedo. Além de arrastar e empurrar, de furadeira em punho saiu a abrir buracos nas paredes, onde deveriam ser pendurados alguns objetos de decoração. Depois de prontos os buracos, lá vinha Eugênio com chave de fenda, parafuso e bucha, fixando cada coisa em seu lugar.

O quarto, as roupas, o jeito para dormir, isso foi atribuição de Ester, a comandante. Arrumação das camas, dos guarda-roupas e cômodas, distribuição de peças dobradas pelas gavetas, e tudo mais que torna um quarto o refúgio de um ser humano. Tudo isso Ester fazia com paciência silenciosa.

Nas poucas vezes em que se encontravam, o comentário era um só: a simpatia daquela vizinha com sua filha com cara de princesa. Eugênio, principalmente, não conseguia pensar em outra coisa. Aqueles cabelos cor de mel escorrendo até abaixo dos ombros de Beatriz, os olhos e o sorriso inteiro da menina, o modo como seus olhos se encontraram, ocupavam completamente os pensamentos do garoto.

A companhia da força ainda não tinha feito a ligação, apesar de o pedido ter sido feito alguns dias antes da mudança. Por isso, já findando a tarde, e com o serviço bem adiantado, resolveram parar, pois o banho teria de ser tomado com água fria.

Jantaram à luz de velas, cansados e felizes, com muita vontade de inaugurar cada um o novo lugar de sua cama.

Eugênio estava tão cansado que teve dificuldade para encontrar sua quota de sono. Mas, quando adormeceu, foi numa fúria de dormir que, na manhã seguinte, não poderia dizer se tinha sonhado ou não.

Era domingo, e Ester resolveu dar uma trégua a seus comandados. Levantaram-se todos estirando os braços, bocejando fundo, alongando o corpo. Alguma dorzinha sem grande serventia era sentida aqui e ali pelo corpo, mas tão insignificante que ninguém achou necessário queixar-se.

— O bolo da Zilá — anunciou Ester.

Um olhar cheio de malícia bateu em cheio no rosto de Eugênio, que se irritou.

— Nunca me viu?

— Ih, não se pode mais nem olhar pro garoto?

— Com essa cara, não.

Fernanda soltou uma gargalhada que era o mesmo que o canto de uma ave.

— O Eugênio está apaixonado! Apaixonado pela vizinha — como se estivesse cantando...

O irmão já se levantava, pronto pra espancar a denunciante, quando Ester segurou-o pelo braço.

— Sentadinho aí.

Fernanda ergueu as sobrancelhas, esticou a boca e sacudiu rápida e repetidamente a cabeça, muito vitoriosa no incidente.

— E você, intrometida, vai já pedir desculpas a seu irmão.

— Desculpa, por quê?

— Ele se ofendeu, não percebe?

Fernanda baixou a cabeça e os olhos e mal moveu os lábios: Desculpa.

— Assim não, Fernanda. Olhando pra seu irmão e com voz de gente.

— Ah, mãe.

— Nem a nem b. Agora, Fernanda.

— Desculpa, Eugênio.

— Tá desculpada.

O bolo de Zilá, com cobertura de chocolate e coco ralado, recheado com doce de leite caseiro, estava no centro da mesa. O café ainda não tinha leite, mas combinava com o bolo. Até o fim do café, Eugênio pouco falou, disfarçando a emoção de comer o bolo em que imaginava as mãos delgadas de Beatriz.

O ar da manhã ainda estava fresco, e os quatro dirigiram-se para a varanda, nos fundos da casa, cercada por um mato já alto. O quintal estava inteiramente abandonado.

— Faz muito tempo que esse quintal não vê uma enxada — Álvaro comentou.

— E por falar em enxada, crianças, acho bom vocês levarem a garrafa térmica da dona Zilá.

— Ah, sim, mas e o que tem a ver a enxada com a garrafa térmica?

— Ora, meu bem, eu só me lembrei da garrafa.

Os irmãos voltaram à cozinha e Eugênio exigiu carregar a garrafa.

— Mãe, de lá a gente vai dar uma volta pelo bairro. Podemos?

— Vão, crianças, mas cuidado pra não se perderem. E o material de vocês pra amanhã, já está pronto?

— Material?

— Não se esqueçam que amanhã começam as aulas.

No portão de dona Zilá, ao baterem palmas, a decepção: quem veio atender foi um homem, provavelmente o pai de Beatriz.

— Pois não!

Eugênio gaguejou para dizer que tinham vindo trazer a garrafa térmica.

— Ah, sim.

O homem veio até o portão, pegou a garrafa e virou as costas. Os irmãos ficaram ainda um tempo ali parados, com a esperança de que Beatriz aparecesse, mas em vão. Foi Fernanda quem puxou o irmão.

— Vamos até a avenida?

Foi uma caminhada de descobertas. Na esquina de sua rua com a avenida ficava a padaria, um pouco adiante, um pequeno supermercado. Deram a volta em um quarteirão, passaram por um posto de combustível, um prédio antigo com plataforma parecendo a rodoviária. O movimento era ainda pequeno, por causa da hora, e por ser domingo, mas alguns bares já recebiam seus fregueses. Na frente de um empório, um cavalo, cabeça pensa, dormitava, espantando as moscas com a cauda longa e automática.

Fartos de tanta caminhada, Eugênio e Fernanda resolveram voltar. O sol já começava a ficar mais quente. Ao cruzarem pela frente da casa de Beatriz, Eugênio diminuiu o ritmo dos passos, moroso, sem tirar os olhos da porta e das janelas daquela casa que, para seu gosto, tinha um ar de paraíso. Ninguém mais apareceu.

— Você pensa que pode me enganar? Você está apaixonado pela Beatriz. Juro que está.

— Você é muito é boba, Fernanda. Eu te disse que estou? Não disse. E você foi dizer isso na frente do pai e da mãe.

— Que é que tem?

— Que é que tem? Eu morri de vergonha.

Mas então já estavam chegando à própria casa e, abandonando pra trás o irmão, Fernanda atravessou correndo o portão e foi contar aos pais, sentados na varanda, as descobertas que fizeram.

Sono pesado

Aí vem ela. Garanto que deu um tapa nos deveres da escola pra não perder a revelação do mistério. Sai do túnel e se levanta, o rosto suado, as mãos sujas, como sempre, e os olhos cheios de interrogações. Minha irmã.

– Olha, Fernanda, me contaram que você se meteu em briga na escola. Eu não falei nada na frente do pai, mas agora eu falo. Não comece arranjando encrenca, pensando que o pai vai te proteger, que ele não faz isso, não.

– As meninas começaram a rir da minha cara. E eu não aguento desaforo.

– Mas por que foi que elas riram de você?

– Minhas meias. Estava com uma de cada cor.

– Tenha dó, Fernanda, como é que pode uma panaquice dessas!

– Demorei pra acordar e tive de me vestir correndo.

Sentados na tampa do buraco, estamos há um tempo sem tamanho olhando os dois embrulhos pretos, tão imóveis como se tivessem nascido ali dentro. Como se fossem duas pedras. Gostaria de saber como é que elas nascem, as pedras.

No fundo do quintal

Quando é que nascem. Ou será que sempre existiram. Os embrulhos não, eles foram colocados aí por alguém. Mas quem?

A Fernanda joga um torrão de terra no embrulho maior, que nem se mexe, como se não tivesse sentido. Ela me pergunta o que existe dentro dos sacos fechados e eu brinco dizendo que é um defunto. Minha irmã se levanta pra ficar mais longe do falecido.

– Será que foi um crime? – espantada sua fisionomia.

A pergunta é tão estúpida que nem respondo. Tinha falado em defunto como poderia ter dito qualquer outra coisa, que era um embrulho de pão recém-saído da padaria. Tesouro eu acho que podemos descartar, porque o volume é muito grande. Tesouros cabem até em potes de barro, como os antigos tinham o costume de esconder suas fortunas de metais preciosos quando os revolucionários se aproximavam.

Comento a minha ideia com a Fernanda e ela me olha com muita admiração e diz que sou mais esperto que o Sherlock Holmes. O jeito como ela diz isso é quase uma adoração e me provoca bastante arrependimento pela dura que dei nela ainda há pouco. Senta aqui, eu digo, batendo a mão no lugar onde ela esteve sentada. E ela senta. Hoje de manhã eu estava mancando um pouco e minha mãe perguntou o que era. Uma topada numa pedra, eu respondi. Ela queria fazer um curativo, e tive de dizer que não sentia mais nada. Ela esqueceu o assunto. Agora ainda dói, mas não é uma dor daquelas de arrancar gemido.

Fernanda me responde que sim, que sente vontade de abrir os embrulhos, mas tem medo do que vamos encontrar. E o medo é maior do que a vontade. É a mesma coisa que sinto. Por isso, me levanto à procura de uma vareta longa e firme, e com a ponta dela começo a cutucar os embrulhos, em várias partes. Ossada não é, minha irmãzinha. Alguma coisa dura e plana, uma tábua, talvez? Não, algumas placas, pois existem uns intervalos. Como eu imaginava: sem a dureza de qualquer metal. Fernanda me pede pra cutucar também, e lhe empresto a vareta, que ela empunha ansiosa, me parece que um pouco trêmula. Mas confirma minhas impressões.

Um vento mais forte agita as copas das árvores e chia entre os ramos dos arbustos. Umas nuvens mais escuras correm afobadas pelo céu. A Fernanda olha pra cima.

– E se chover, Eugênio, o que a gente faz? Esse buraco fica cheio de água.

– Não acredito. É muito pouca nuvem.

Garota esperta, pensa em tudo. Mas não é mais esperta do que eu, pois já pensei nisso e tenho a solução.

– Sabe aquele plástico em que vieram os colchões? Está no quartinho das ferramentas. A gente cobre o buraco com ele e estaqueia nos quatro lados.

Fico imaginando o peso dos embrulhos e acho que sozinho não vou conseguir puxar os dois pra cima. Empurro o maior com a vareta e ele mal se mexe um pouquinho. A Fernanda já sugeriu que contássemos ao pai nossa descoberta. Exigi que ela jurasse não dizer nada. Pelo menos por enquanto. Ela jurou beijando os dedos em cruz três vezes.

Se fizer uma rampa de tábua, amarro o embrulho e nós dois puxamos. Vou tentar isso.

– É a mãe chamando, Eugênio. Vamos embora?

Mesmo que alguém em casa desconfie de que não estamos brincando debaixo das laranjeiras, acho muito difícil que descubra o caminho. Os túneis estão bem disfarçados. Amanhã a gente volta.

※

Segunda, nove de fevereiro. Antes de o despertador se pronunciar, Eugênio já estava de pé. Sua mochila murcha, quase vazia, já esperava por ele, silenciosa, na sala, em cima da mesa. A última a levantar foi Fernanda, que tinha alguma dificuldade em abandonar os sonhos que povoavam seu sono pesado.

Álvaro levantou bem antes de todos, como o filho, o cérebro latejante de ansiedade. Para ele também seria o primeiro dia de aula. Conhecer colegas e sentir as classes eram razões para que sofresse com a espera daquela estreia. Quando Ester chegou finalmente à cozinha, a mesa já estava posta, o leite fervido, o pão ainda quentinho no cesto.

Fernanda estava escovando os dentes e grunhiu uma resposta ao chamado da mãe. A casa, neste terceiro dia, já parecia uma casa habitada, com a cara de seus habitantes. Era uma casa velha, necessitando de muitos consertos, mas depois da primeira impressão das crianças, tão ruim que a menina chegou a chorar, o trabalho de colocação de cada coisa em seu lugar e o serviço de limpeza que tiveram de fazer tornavam-na de um conforto pobre, mas aceitável.

— Te apressa, minha filha. O papai já está esperando no carro.

Terminou de tomar o café em goles contínuos e saiu mordendo o pão. O lanche para o recreio já estava na mochila. O irmão, sentado no banco da frente, o banco do carona, fazia caretas de irritação. Sempre ela, sua irmãzinha, a atrasar qualquer atividade.

— Não precisa bufar, não, viu? Só me atrasei dois minutos.

O carro parou logo depois de ultrapassado o portão para que Eugênio fosse fechá-lo, e o garoto o fez com pressa e desespero. Ele tinha imaginado chegar bem antes do sinal para descobrir se Beatriz estuda na mesma escola e no mesmo horário. Entrou no carro, sentou e enrugou a testa de uma maneira fechada, como de quem não quer conversa. Nem uma vez olhou para o banco de trás.

Foi uma emoção desconhecida entrar de carro no estacionamento da escola sob a chuva de olhares de uma criançada impessoal, que não se conseguia saber se hostil ou acolhedora. Os dois desceram do carro e acompanharam o pai de muito perto e sem olhar para os lados. Era um calor, uma claridade de fogaréu, atravessar o pátio e seguir em direção à porta principal. Mesmo Fernanda, geralmente tão espevitada, não desgrudou do pai, pelo menos até a hora em que ele apontou aos dois as respectivas salas.

— E agora vão, porque já deu o primeiro sinal.

Na saída para o recreio não foi difícil encontrar Fernanda, que tinha entrado pela terceira porta depois da de Eugênio. Saíram, os dois, com a sensação de vitória pelo transcorrer das primeiras aulas. Nada acontecera que pudesse provocar medo. Tudo como em qualquer outra escola. Apesar de estranhos, vindos de outra cidade, passaram praticamente despercebidos. Professores novos, colegas novos, mas o ritual de primeira aula, como copiar o horário, ouvir as exigências disciplinares, a média exigida pelo regimento da escola etc. etc. não representavam grande dificuldade.

Depois de descerem as escadas e penetrarem no largo espaço do pátio, foi que encontraram a vizinha. O cumprimento afetuoso, como se velhos conhecidos, aumentou a sensação de segurança dos forasteiros. Os três escolheram um canto menos apinhado e agitado e ali ficaram muito amigos, como se estivessem em casa. Eugênio começou elogiando o bolo, botou as mãos nos bolsos por absoluto desconhecimento do que fazer com elas, depois contou que no dia anterior tinha estado na casa de Beatriz, para devolver a garrafa térmica.

Fernanda observava o irmão com cara de riso, pois achava que os assuntos dele não tinham muito futuro em uma função de ficar. Ela achou que Eugênio era muito tímido.

Ficaram sabendo que Beatriz estava numa série entre os dois irmãos e que sua sala era contígua à de Fernanda. Isso eles souberam enquanto atendiam ao chamado da sirene e entravam pelo corredor à esquerda do fim da escadaria.

No fim das aulas, juntaram-se na descida até o estacionamento. Beatriz se despediu dos irmãos e os convidou para passarem mais tarde em sua casa.

— Pode ser bem tarde? — Eugênio estava quase gaguejando.

— A hora que vocês quiserem.

A raiva de Eugênio tinha sido aplacada pelas novidades da manhã reforçadas pelo encontro com Beatriz. Ela esperava a mãe na porta da frente da escola, por isso tomou rumo oposto aos irmãos.

Quando a vizinha se afastou, Fernanda quis saber:

— Por que bem tarde, Eugênio?

— Já se esqueceu do que nós combinamos ontem à noite?

No domingo à tarde, a família toda reuniu suas cadeiras na varanda dos fundos, o lugar mais fresco da casa.

As crianças contaram o que viram na caminhada daquela manhã, deram detalhes dos armazéns com bugigangas penduradas na frente, o posto de pintura muito velha e o cheirinho gostoso da padaria. Os pais riam contentes como se estivessem numa aventura de férias.

Álvaro lembrou-se de seu tempo, mais ou menos com a mesma idade dos filhos, e contou que costumava passar as férias na casa da avó.

Sono pesado

— Depois da estrada, na frente da casa, havia um campinho mais ou menos limpo, mas bem lá pra frente era um matagal de arbustos cobrindo a visão por baixo de algumas árvores, bem como isso aí. Meus primos e eu, a gente construía cabanas no meio do mato, e lá a gente guardava os brinquedos, as tralhas de pescaria, uma porção de coisa. Um dia a chuva pegou a gente na cabana. A cobertura estava tão bem feita que ninguém se molhou. Era uma delícia, o sítio da minha avó.

— O senhor não tinha avô, pai?

Admirado com a pergunta, Álvaro pensou um pouco como se não soubesse a resposta.

— Olha, filha, não sei por quê, mas em casa a gente sempre dizia casa da nossa avó. O avô era meio sisudo, acho que era por isso, e a avó botava a gente no colo, fazia bolo, panqueca, tratava a gente como se fôssemos os reis da terra.

Mais tarde, pouco antes do jantar, Eugênio convidou Fernanda para caminharem um pouco na rua, logo ali na frente da casa.

— O que você acha, Fernanda, e se a gente construísse uma cabana lá no fundo do quintal?

Fernanda ficou algum tempo sem entender bem a proposta de Eugênio, que explicou seu plano à irmã, com detalhes e ornamentos de imaginação a ponto de arrancar gritos de entusiasmo dela.

— Mas ó, nem um pio pra ninguém, entendeu?

Depois do almoço, no primeiro dia de aulas, os irmãos descansaram um pouco e não reclamaram muito na hora em que o pai exigiu que fossem fazer os deveres.

— A gente nem tem dever ainda, pai!

— Não importa. Vão dar uma olhada no horário, recordar o que fizeram de manhã, passem a limpo alguma coisa que for necessária. É assim, crianças, estudo tem que ser um hábito. Namorar tudo o que fizeram de manhã é um bom costume.

Sono pesado

Mais tarde, com a saída do pai para a escola e a mãe fazendo a sesta, Eugênio passou pelo quarto de Fernanda e convidou:

— Vamos?

No pensamento organizado de Eugênio, havia muito que fazer até o início da construção de sua cabana.

Um monte
de livros

Um monte de livros

Acordei esta madrugada com um vento frio e uns trovões. Fiquei atento, pensando que teria de me levantar sem barulho pra cobrir este poço aqui. Fiquei um tempão de olho e ouvido abertos e não sei como aconteceu, mas dormi e por sorte não choveu.

A Fernanda, quando me viu procurando uma tábua pra fazer de rampa, teve a ideia luminosa: pular dentro do poço, desamarrar as tiras de lona, abrir os sacos e descobrir o que há aí dentro. Hoje, na hora do recreio, ela continuou rondando a gente e rindo de mim. Eu jurei que nunca mais na minha vida falava com ela. Mas as duas estão ficando muito amigas, além disso, esta irmã aqui é uma ajudante insubstituível.

A única ferramenta que trouxemos foi uma faca bem afiada: as tiras de lona. A Fernanda não para de conversar. Eu aqui tentando pensar, mas ela não para. Ainda não pulei pra dentro do poço porque sinto um pouco de medo. Não de não sair de lá. Uns oitenta centímetros até os embrulhos. Mas qual pode ser o conteúdo desses pacotes pretos?

Os passarinhos dessas árvores estão muito agitados, fazendo uma gritaria nervosa e pulando de um galho para o outro. Pode ser por causa dos embrulhos pretos, não sei se passarinho diferencia cor, mas também pode ser por causa daquele gato malhado de branco e preto que estava em cima do muro quando chegamos. Minha mãe disse que gato não come só rato, não, que gato gosta também de passarinho. Será que come com pena e tudo?

A Fernanda está mais ansiosa do que eu. Me olha com os dois olhos, de frente, olhos curiosos, e me pergunta o que é que estou esperando. Pequeno voo, um salto, e fixo os pés em cima do plástico preto, quase enterrados. Fico imóvel, os braços erguidos como se não quisessem me acompanhar. Meus pés, protegidos pelos tênis, lá embaixo, sentem uma superfície praticamente desconhecida no interior do embrulho. É uma placa plana, mas não dura como madeira, alguma coisa meio elástica, caramba, mas o que pode ser isto?!

O céu está quase todo azul. Os passarinhos se assustaram com o barulho do meu pulo.

Movimento nenhum durante alguns segundos: a não ser as pancadas do coração.

Minha irmã me alcança a faca e sou obrigado a mover o braço direito. Mas ainda olho relutante para essa massa que meus tênis apalpam sem saber o que seja. Uma lufada de vento mais fresco passa agitando as copas e os arbustos. Passa e some, sabe-se lá para onde. Vento nenhum tem ninho, por isso nunca volta. E se volta, então já não é mais o mesmo.

– Corta, Eugênio, acaba logo com isso.

Minha irmãzinha está ficando nervosa. Não estou demorando só pra fazer suspense, não. Estou procurando melhor equilíbrio porque se os tênis escorregam nessa porcaria de plástico, desço mais um meio metro.

– Calma, garotinha. Preciso escolher uma posição melhor.

Finalmente sinto os pés plantados com firmeza e começo a cortar as correias de lona. Não é muito difícil. Elas já estão perto de se desmanchar. Há quanto tempo podem estar aqui executando uma tarefa inútil?

Termino de livrar o imenso embrulho das tiras que o prendiam e chego a pensar em abrir a boca do saco, mas uma súbita iluminação me diz que muito mais fácil é cortar sua barriga com a faca. E é o que faço. Em poucos segundos. E o que aparece, depois que retiro as duas camadas de plástico?

– São livros, Fernanda! Um monte de livros!

Começo a jogar livros e mais livros nos pés da Fernanda, que não para de rir alto, atacada, porque pra ela isso tudo parece muito engraçado. Eu mesmo, vendo que são livros, fico muito contente por não precisar mais ter medo. Só livros, até o fundo. Capas de todas as cores, grandes e pequenos, finos e grossos, livro que não acaba mais. De dois, três ou de quatro vou jogando os livros pra cima da laje. Jogo os sacos de plástico pra fora do poço e abro o segundo embrulho. Outro tanto de livros.

Estamos tão eufóricos, nós dois, que começamos a fazer uma dança indígena em volta dessa pilha de livros. A tensão aliviada, sinto vontade de gritar muito alto, vitorioso em uma aventura cheia de perigos.

Um monte de livros

– Agora, Fernandinha, precisamos dar um jeito de levar tudo isso aí pro quartinho das ferramentas. Lá tem lugar. Você viu que o ar está ficando mais frio? Olha só lá por cima do abacateiro. Se chover e a gente não guardar os livros, eles viram uma meleca só. Olha, cada um de nós põe uns dez livros dentro destes sacos e vai arrastando até lá em casa. Certo? Umas três, quatro viagens, a gente guarda tudo.

Trabalhamos com pressa porque o vento começa a avisar que por aí vem chuva.

---

10 de fevereiro

Meu querido diário, hoje é terça-feira e foi nosso segundo dia de aula. Na hora do recreio, do mesmo jeito que ontem, descíamos para o pátio e encontramos a Beatriz. Ela estava no alto da escada esperando a gente. Ficou muito contente quando nos viu.

Lá embaixo, comemos o lanche e ficamos conversando. O Engênio, muito encabulado, perguntou se podia olhar o relógio da Beatriz. Tive de me virar de costas pra eles não perceberem a minha vontade de rir. Quem é que não sabe que ele só queria pegar no pulso dela? Meu irmão é muito tímido. Ele me chama às vezes de assanhada. Prefiro ser assanhada a ser tímida como ele. Depois, quando me virei de volta, os dois estavam de mãos dadas. Que era um jogo, aquilo. Pra cima de mim?!

Hoje viemos com bastante tarefa. Terminamos de almoçar, descansamos um pouco na varanda, meu pai chupando laranja, minha mãe folheando uma revista e nós dois, o Engênio e eu, sentados no piso de cimento, que estava fresquinho.

Eu estava com um pouco de preguiça e sentindo calor, mas todos foram trabalhar e vim para meu quarto pra fazer meus deveres.

Mais tarde o Eugênio apareceu e fez o sinal com a cabeça que eu já conheço. Deixei o material em cima da mesa e fui atrás dele. Só levamos uma faca afiada pra cortar aquelas tiras de lona que estavam enroladas nos pacotes pretos. Meu irmão parece que estava com medo de começar, mas tomou coragem e abriu aqueles embrulhos. Como é que a gente ia imaginar? Dentro só tinha livro. Um monte de livro.

Então, meu diário, começaram a aparecer umas nuvens escuras e, com medo da chuva, que acabou vindo, nós dois demos quatro viagens cada um arrastando os sacos plásticos com o que dava de livro dentro. Foi muito difícil arrastar aqueles sacos por dentro dos túneis porque eles se enganchavam nos galhos e nas raízes. Mas conseguimos guardar tudo no quartinho das ferramentas. Se a gente não tivesse feito isso, a chuva tinha estragado completamente os livros.

Nós dois ficamos perguntando como foi que isso aconteceu: um monte de livros embrulhados em sacos plásticos, no fundo de um poço de cimento.

Mais tarde, o Eugênio levou papel e caneta para o lugar onde escondemos os livros e anotou alguns títulos. Ele disse que vai fazer uma pesquisa na internet. Eu acho que ele vai descobrir que livros são esses porque meu irmão é tímido, mas muito esperto. Ele sabe tudo de computador. Eu sei um pouco menos do que ele, por isso que às vezes ele me ajuda.

O pai ficou o tempo todo na sala, preparando o planejamento do ano. Ele disse que não gosta disso porque toma muito tempo e nem sempre dá certo. Mas é exigência da escola, então ele faz. Ficou lá a tarde toda, fechado pra não ser incomodado. Isso ajudou nosso trabalho secreto com os livros. Ele não percebeu nada.

A mãe, depois do almoço, pegou o carro e saiu dizendo que ia até Coivara fazer compras. O mercado daqui de Mairi Mirim é muito pobre, não tem quase nada do que a gente precisa. Quando viemos de mudança, nós passamos por Coivara. Fica a uns vinte quilômetros daqui. O estranho é que até agora ela não voltou. E já é noite.

O pai já apareceu duas vezes aqui no quarto, muito agitado. Ele entra, pergunta o que é que eu estou fazendo, dá dois passos e diz: — E sua mãe, hein, até agora nada de voltar.

O Eugênio está grudado no computador. Ele é meio viciado.

No fundo do quintal

Acho que está fazendo as pesquisas na internet.

Vou até a cozinha tomar água e já volto.

Passei pela salinha do computador e o Eugênio estava que estava até vesgo olhando a tela. Me disse que dois livros ele já sabia do que tratam: *Princípios elementares de filosofia*, de Georges Politzer e *As origens da família, da propriedade privada e do Estado*, de F. Engels. Me mostrou. Um livro de filosofia e o outro parece que de História, alguma coisa assim que ele ainda não sabe direito. Quando lembrei a ele que minha mãe ainda não voltou, o Eugênio levantou as sobrancelhas e ficou parado, olhando sem ver, pensando, depois disse:

— Ah, decerto ela encontrou alguém com quem conversar.

— Mas já é noite, Eugênio.

Ele entortou a cabeça, quieto, e eu percebi no rosto imóvel dele que o Eugênio também começou a ficar assustado.

– E o pai, o que é que ele diz?
– Eu acho que o pai está mais assustado do que eu. Não consegue parar em lugar nenhum. Caminha e caminha, vai até a porta, desce até o portão, olha pra cima e pra baixo, volta pra sala, mexe na papelada sem prestar atenção. Ela nunca fez isso, Eugênio.

Pelo menos consegui tirar a atenção do garoto dos livros que ele está pesquisando. Droga, ele precisa participar da família, meu irmão ausente.

E eu também não tenho mais cabeça para continuar escrevendo. Vou pra sala ficar com meu pai.

Acidente na estrada

Morri de dó ontem à noite. A mãe chegou tarde e não parava de chorar. Eu não sabia o que fazer, então me abracei nela e chorei junto até ela parar. O pai e a Fernanda só perguntavam: – Mas o que foi que aconteceu? E ela não conseguia dizer nada. Claro que fiquei com medo. Depois que ela contou a história do acidente e o enrosco com a polícia, nossa casa parece que não se iluminava mais. Eram quatro estátuas do desespero em volta da mesa da sala, cada qual querendo falar menos do que as outras.

Fiz uma lista dos nomes de mais sete livros e vou começar minha pesquisa. Preciso saber por que esses livros estavam enterrados. Nunca ouvi falar uma coisa dessas. A Fernanda fica rondando a salinha, vem até a porta, espia, mas não entra. Ela quer saber tudo com pressa. A minha irmã é uma pessoa com pressa. Ontem, na hora do recreio, me deu vontade de espancar a Fernanda. Ela flagrou a gente de mãos dadas e ficou dando risada na nossa cara.

Então deixa eu ver: *História Econômica do Brasil*, Caio Prado Júnior. Que droga, o primeiro *link* abre uma página praticamente em branco.

No fundo do quintal

Aqui sim. Navios tumbeiros, escravidão negra. Mão de obra barata. Acho que isso é história. Bem, o título já diz isso. Ver um outro. Neste só se encontra propaganda do livro. Não diz nada. Ah, aqui tem a biografia dele. Advogado, professor de Economia Política, suplente de deputado pelo Partido Comunista. Tem política no meio. Vamos ver estes outros dois, do mesmo autor: *Salário, preço e lucro* e *Miséria da filosofia*. O autor é Karl Marx. Vou procurar pelo nome do autor. Caramba! Tem coisa à beça desse aí. Socialismo e comunismo. Bem, economia, política, filosofia. Isto já é uma pista. Os dois falam de comunismo e de economia, logo, política, sim, senhor. Ah, mas o Karl foi o fundador do comunismo junto com este outro aqui, o Frederich Engels, do livro, como é mesmo? *Dialética da natureza*. Quero só ver o que encontro sobre ele. Pô, a barba do cara! Não deu outra: filosofia, socialismo, companheiro do Karl. Pelo jeito vai ser tudo de uma família só. Nem preciso continuar procurando. Esses livros todos tratam de política, que me parece grande mistura de filosofia, economia, sociologia, sei lá o que mais.

Acidente na estrada

A Fernanda está parada na porta.

– Entra aqui! – convido.

Ela senta na banqueta a meu lado, escorrendo curiosidade dos olhos e da boca meio aberta.

– É tudo livro comunista, Fernanda.

– E o que é isso?

– Saber, mesmo, eu não sei, mas tenho a impressão de que é alguma coisa de política. Um negócio proibido.

Ela se agita.

– E agora?

– Nada. Os livros estão escondidos atrás daquele baú velho da mãe. Se você não bancar a linguaruda não acontece coisa nenhuma.

– A gente pode jogar eles fora, Eugênio. Bem longe. Lá naquela roça de mandioca no fim da rua.

– Por enquanto não. Eu quero descobrir por que eles estavam enterrados e quem foi que enterrou.

– E se for perigoso?

– Deixa comigo.

Hoje o pai foi a Coivara conversar com o delegado. A mãe não quis ir junto. Então eu digo pra

No fundo do quintal

Fernanda que é melhor a gente não deixar a mãe muito tempo sozinha, a coitada, por isso desligo o computador e vamos fazer companhia a ela.

15 de fevereiro

Meu companheiro querido, te deixei aqui sozinho, fechado, por cinco dias. As coisas andam tão carregadas aqui em casa que não me deu vontade nenhuma de escrever. Hoje é domingo e desde terça-feira que minha mãe de vez em quando se põe a chorar. Eu e o Eugênio ficamos com muita pena dela, mas não podemos fazer nada além de ficar o máximo de tempo por perto da mamãe. Ela abraça a gente, muito forte, e beija, e diz que não teve culpa. Não que seja estranho receber abraço e beijo da minha mãe, mas agora é diferente porque o abraço é mais forte e o beijo mais quente.

Acidente na estrada

Na quarta-feira meu pai foi até Coivara conversar com o delegado. Na volta ele contou a conversa que teve na delegacia. Como houve morte, foi preciso instaurar um inquérito policial. Minha mãe demorou, naquele dia, porque a polícia técnica teve de fazer o levantamento do local, uma embrulhada que eu não entendo, o boletim de ocorrência. No fim de tudo, o que o delegado disse ao papai foi que a melhor coisa a fazer é contratar um advogado pra acompanhar o caso.

Na escola vai tudo bem. Teve um dia que umas meninas da minha sala quiseram rir da minha cara só porque eu saí correndo de casa, atrasada, e vesti duas meias de cores diferentes. Cheguei a dar um tapa numa delas, mas veio uma inspetora de alunos e não deixou a gente brigar. Medo delas eu não tenho. O Eugênio me deu bronca

No fundo do quintal

por causa disso. Besta, quem ele pensa que é?

Hoje à tarde, bem mais calma, minha mãe contou que vinha saindo de Coivara tranquila, pois é uma estrada de bem pouco movimento. Ela disse que viu, lá na frente, um homem caminhando no acostamento. Mas não se preocupou, pois estava tudo normal. O homem caminhava de costas pra ela. Quando chegou muito perto, dirigindo até que um pouco devagar, o homem tentou atravessar a estrada correndo, por alguma razão que ela não viu. Ela arrastou os pneus do carro vários metros, mas não conseguiu evitar o acidente. O carro pegou o homem e jogou uns cinco metros à frente. Ele já caiu morto. Aí foi aquele ajuntamento de gente, gritaria, ameaças, uns querendo agredir minha mãe, outros acalmando os primeiros, um inferno até a chegada da polícia. – E eu, que nunca tinha entrado numa delegacia, entrei como uma assassina. Tinha matado um homem – ela contou.

    Foram horas de espera. A polícia técnica parece que nem de Coivara era. Veio de algum outro lugar. Riscaram a estrada, mediram, fotografaram as marcas dos pneus no asfalto, mediram mais, examinaram o carro, examinaram o bêbado, sim, porque aquele homem só podia estar bêbado. Isso eu é quem acha. Um terror na estrada numa tarde que já ia escurecendo. Então toca ir pra delegacia. Escoltada como se fosse uma criminosa. Minha mãe, uma criminosa! Pode uma coisa mais louca do que isso? Quando ela disse "Escoltada como se fosse uma criminosa", ela se parou a chorar, aí eu me joguei no colo dela, chorando

No fundo do quintal

também. O Engênio, eu acho que só por inveja de mim, começou a chorar também.

Depois de muito choro, ela enxugou os olhos e começou a rir. Que era um absurdo tão grande, tudo que tinha acontecido, que só rindo mesmo. Na delegacia foi até que bem tratada. Mas eram tantas perguntas, tantas, que no fim ela já não se lembrava direito nem do nome dela. Quando perguntaram o endereço, ela quase desmaiou de tanta força pra se lembrar. Então o delegado mandou que o escrivão fosse preparar um copo de água com açúcar e disse:
– Se acalme, minha senhora. Tome um pouco dessa água e se acalme. Então, como ele não estava pressionando muito, ela se lembrou do nome da cidade, Mairi Mirim, e o nome da rua, que é rua dos Jaçanãs, número 230. É aqui, a nossa casa. O delegado

ainda se ofereceu pra vir trazer minha mãe até aqui em casa, mas ela disse que estava bem, que podia dirigir, mesmo no escuro. O carro quase não sofreu nada. Um amassadinho no lado esquerdo, perto do farol. E só.

Meu pai, enquanto ela falava, de vez em quando sacudia a cabeça concordando e dizia: — Sei, querida, sei. Se não quiser, não precisa contar mais.

Mas e ela queria ficar guardando tudo aquilo sozinha? Claro que não.
— Eu tenho de contar tudo, ela dizia.

O resto da tarde nós ficamos sentados na varanda na frente da casa, onde bate uma sombra boa, apreciando o movimento. Do vento, porque movimento de gente, nesta rua, é quase zero. Ficamos os três, lembrando da casa de onde viemos, comentando os amigos que deixamos

No fundo do quintal

lá, só conversando das coisas passadas. Nós três, pois o Eugênio se mandou pra salinha do computador, sem dizer nada. Ele foi continuar as pesquisas dele sobre os livros.

Mais tarde, quando minha mãe foi preparar alguma coisa pra gente jantar, meu pai foi ver futebol na televisão e, passando pela salinha do computador, perguntei:

— E daí, Eugênio, alguma novidade?

Ele se parou a me contar sobre os livros, quase todos, até agora, falando as mesmas coisas. Filosofia, política e economia. A maioria dos autores são estrangeiros e nenhum nome conhecido. Do comunismo, ele disse que descobriu alguma coisa. É um partido político muito combatido em vários países, mas adotado em outros. E que isso já tinha até provocado guerra. Dá pra acreditar? Até guerra. Ele me contou que tentou ler uns dois, três livros, mas que não conseguiu entender nada. Então ficou procurando no Google o que diziam dos livros. O único que deu pra ler um pouco, porque logo ficou cansado, foi *O cavaleiro da esperança*, que é a vida de um homem que andava a cavalo percorrendo o Brasil. Este ele separou e disse que depois vai ler mais, porque cansa, mas dá pra entender.

E por falar em cansar, meus dedos já estão duros de tanto que já escrevi. Também não adianta escrever tudo de uma vez depois passar um tempão sem nem olhar para o diário.

É que os deveres de casa têm aumentado e esse rolo todo com minha mãe não tem deixado lugar na cabeça pra outra coisa. Só hoje, depois de ouvir toda a história com

No fundo do quintal

seus detalhes foi que consegui escrever alguma coisa.

    O Engênio me perguntou pra quem foi até agora que eu contei nosso segredo. Dei uma risada bem assim na cara dele e disse que ele era muito bobo fazendo uma pergunta com resposta marcada. Pra ninguém, eu respondi. Se eu tivesse contado não era mais o nosso segredo. Pra ninguém. Ele me deu um tapa rindo dele mesmo porque achava que eu ia cair com o modo como ele perguntou. Pediu que eu continuasse calada, pois ainda não é a hora de se revelar nada do que descobrimos. Ele, o meu irmão, é tímido, mas muito esperto. Ele inventa coisas, mexe no computador, vai bem na escola. Mas não me pegou como ele queria. E eu não contei mesmo. Enfim, promessa é promessa.

Acidente na estrada

Amanhã eu vou pra escola com a bermuda capri azul e a batinha caramelo que a minha mãe comprou em Coivara. Tenho de aproveitar enquanto o uniforme não é obrigatório. Já passaram pelas salas falando que a partir de não sei quando só se entra de uniforme. Acho uma chatice. A minha mãe tem muito gosto pra comprar roupa. Adorei o conjunto que ela trouxe na terça, no dia do acidente.

A minha mão já tá ficando torta. Adeus, meu diário. Até amanhã. Se der tempo.

Uma conjetura

Uma conjetura

O que é feito deles, essa gente que morou nesta casa antes de nós? O abandono em que encontramos tudo por aqui: mato já velho, de muitos invernos, a ferrugem do portão e o enguiço das janelas. E isso que o pai pagou um povo da limpeza da escola mesmo pra fazer uma faxina geral antes da mudança. Sem saber por que ficou tanto tempo abandonada esta casa eu não descanso. E se for uma casa mal-assombrada? Comento essa minha ideia com a Fernanda e ela faz uma cara de terror e me diz que já está toda arrepiada. Casas mal-assombradas, nos filmes, são sempre assim: nada funciona, tudo quebrado, uns barulhos estranhos. Nossa sorte é que, pelo menos até agora, não se ouve barulho estranho nenhum. Nos primeiros dias ouvia o vento nas árvores, um chiado, mas isso não tem cara de assombração. A Fernanda, não, ela disse que de noite já ouviu corrente se arrastando na cozinha. Mas agora, depois do que eu falei a ela, vai sentir medo de dormir num quarto sozinha. Ela continua com os olhos muito grandes e abertos como se quisesse fazer olhos de ver assombração durante o dia.

Eu digo a ela que não se assuste tanto, pois isso é apenas uma conjetura. A Fernanda fica mais assustada ainda. E é perigosa?, ela me pergunta. Não entendo logo o significado da pergunta. Perigosa?! Sim, essa conjetura. Não tem jeito: caio na gargalhada. Então explico a palavra que aprendi ontem lendo um dos livros que estou pesquisando. Conjetura, eu digo, é uma suposição, uma hipótese. Sabe, eu não tenho certeza, mas essa é uma possibilidade, entendeu? Então é apenas uma conjetura. A Fernanda faz cara de nojo e diz que é uma palavra feia.

– Só gente velha usa uma palavra dessas, Eugênio.

– Como é que você pode dizer uma bobagem tão grande sobre um assunto que você não conhece, garota?

– Seu bobo, isso é apenas uma conjetura.

Aí nos agarramos em luta selvagem, tentando nos destroçar um ao outro. Quando o pai vem ver o que está acontecendo, o rosto da minha irmã está vermelho e suado, mas ela está satisfeita, convencida de que não foi derrotada.

Uma conjetura

Mal sabe ela que não fiz força quase que nenhuma. O pai volta pra sala porque ele e a mãe estão namorando no sofá na frente da televisão.

Sem combinarmos nada, caminhamos com passos sorrateiros até o quartinho das ferramentas em trabalho de inspeção, não vá alguém ter mexido nos livros. Caminhamos em silêncio, carregados por nossos pés que pensam as mesmas coisas: é preciso manter o segredo. Minha irmã mexe um disfarce no tanque, torneira aberta, jorro de água feliz com seu brilho melodioso, e muito travessa a Fernanda enfia por baixo o rosto de boca bem escancarada recebendo o jato entre os dentes. Parece um riso, isso que ela faz. Fica com o rosto todo molhado. Ela o enxuga com as mãos, e eu faço um sinal com o indicador fechando a boca pra que ela brinque sem fazer barulho.

– Os dois na sala, namorando.

Concordo com ela, mas a gente não pode descuidar.

Entramos no quartinho, eu na frente, e paro, esperando que os olhos se acostumem com o escuro.

Não quero acender a luz porque pode chamar a atenção. Continuamos entrando, vendo aos poucos o armário com as ferramentas de marceneiro, que o pai sempre tem, ao lado, as ferramentas de jardim, umas bugigangas de madeira, de ferro, pedaços de peças que um dia, sempre um dia, quando menos se espera, podem ter alguma utilidade. Então o corredorzinho estreito entre as velharias, corredor quieto de tão escuro e, lá bem no fundo, atrás de um baú velho da mãe, os trapos com que disfarçamos os livros. Tudo intocado, do jeito que deixamos.

A Fernanda cochicha que viu uma assombração passando pela parede e gruda a mão dela na minha.

– Vamos sair daqui, Eugênio. Vamos.

Não acredito que ela tenha visto assombração coisa nenhuma, mas o melhor é não ficarmos por aqui muito tempo, chamando a atenção dos outros. Então finjo que também estou tremendo de medo da assombração da Fernanda e saímos do quartinho muito mais rápido do que entramos.

Uma conjetura

Resolvemos, então, explorar o chão do pomar, cheio de buracos, mato, cacos de utensílios e frutas podres. A Fernanda senta muito sim senhora num toco e diz que não gosta deste lugar. Que ela só fica se eu apanhar algumas goiabas pra ela. É por isso que dou um puxão no braço dela.

Apanhamos duas goiabas amarelinhas cada um e voltamos pra perto do toco pra comer. Ela diz que sou muito bobo porque não fui buscar as goiabas como ela pediu.

– Sou bobo, mas não acredito em assombração.

– Nem eu!

– Você não acredita? Então como é que você fica dizendo que viu uma?

– Eu invento, ora.

– Coisa mais idiota. Inventa pra quê?

– Pra sentir um pouquinho de medo.

Aquele gato malhado que vimos outro dia, pulou pra cima do muro. Mas, quando nos viu, pulou de volta pro lado de lá. O lagarto, aquele antediluviano, é que nunca mais deu as caras por aqui. Deve andar com muita raiva da invasão de seu espaço.

No fundo do quintal

Esta casa, pelo jeito, durante vários anos foi reduto de animais malfeitores, que gostam de quintais abandonados. Os passarinhos, então, viviam de barriga cheia, com tanta fruta sem dono. Agora mesmo um sanhaço pousou na goiabeira. Quando entramos debaixo do pomar, eu vi três sabiás do peito cor de fogo pulando por baixo das laranjeiras. O pai disse que eles comem frutas, nas árvores, mas quando andam pelo chão estão caçando minhoca. Bicho porco.

– E por falar em porco...

– Quem foi que falou em porco, Geninho?

Quando ela me chama de Geninho, está querendo ser a mãe, que ela sim.

– Nada, não, garota. Misturei um pensamento que ia passando. Você não acha que a nossa investigação empacou no mesmo lugar?

– Por que é que você diz isso?

– Já descobri o tipo dos livros que encontramos, quase tudo sobre política, revolução, misturando com economia e filosofia. Um pouquinho de história também. Mas parou aí. Agora a gente precisava descobrir é quem foi que escondeu os livros e por quê.

Quando a minha irmã ergue as sobrancelhas e enruga a testa ela está pensando. E é o que ela está fazendo neste instante. Os olhos dela param grandes e redondos como se fossem duas bolas de vidro. Duas bolas paradas.

– Pois eu acho que pra descobrir por que foi que esconderam precisamos antes descobrir quem fez isso. Você não acha?

Ela tem razão e é o que eu lhe digo. Então a Fernanda sugere que eu converse com o pai da Beatriz.

– Ah, não, eu tenho vergonha. Não conheço ele.

– Pois eu vou com você. Eu e a Beatriz já fizemos amizade e fui uma porção de vezes até a casa dela. Já conheço seu Osvaldo, conversei com ele. O pai dela é muito simpático. Sabe, assim, meio careca, mas alegre, muito brincalhão. Eu gostei dele.

Enfim, é o que resolvemos. Vou começar a nova etapa da investigação conversando com o pai da Beatriz, a princesa mais linda que já vi na minha vida. Claro, sem revelar o motivo das perguntas. Assim: sabe, seu Osvaldo, tenho tanta vontade de saber quem morou naquela casa antes de nós!

Não, isso não convence ninguém. Ou: faz muito tempo que a casa onde nós moramos estava vazia? Ah, sim. E quem é que morou por último lá? Sei lá. De algum jeito a conversa tem de começar. Na hora eu vejo o que dizer. O que não podemos é revelar nosso segredo a alguém, principalmente de fora da nossa família.

Apareceu a metade de um bigato se mexendo na goiaba da Fernanda. Ela dá um grito e joga a goiaba longe.

22 de fevereiro
Que sufoco, meu companheiro secreto! Faz uma semana que não tenho tempo nenhum pra conversar com você. As tarefas da escola vão aumentando, o caso da minha mãe complicando, o Eugênio precisando toda hora de mim, e as aulas de educação física de tarde, a Beatriz aqui em casa e eu na casa da Beatriz, socorro, só a esta hora

do domingo que consigo ficar um pouco sozinha.

O Eugênio já descobriu uma porção de coisas pesquisando os títulos daqueles livros e os nomes de alguns autores na internet. Agora o que nós queremos saber é quem foi que escondeu os livros e por quê. Pelo meu palpite os livros são proibidos, por isso ficaram naquela caixa de cimento debaixo da terra. Mas quem foi que escondeu eles lá? O Eugênio está tão enterrado nesse assunto que nem veio mais com aquelas besteiras de casa mal-assombrada. Apesar de que eu, no escuro do meu quarto, tem noites muito esquisitas, com uns barulhos diferentes, umas imagens que se movem na parede. Acreditar em assombração eu não acredito, mas tenho medo assim mesmo. Por causa do escuro.

Hoje eu sugeri ao Eugênio que fosse perguntar ao pai da Beatriz quem foi que morou aqui antes de nós. Ele deve

No fundo do quintal

saber. A Beatriz me disse que nasceu na casa onde mora. Eles são praticamente os fundadores do bairro. O Engênio disse que sentia vergonha de ir lá falar com seu Osvaldo e só concordou em ir quando prometi ir junto. Difícil um dia que não fico algum tempo com a Beatriz na casa dela. E quando eu não vou, ela vem e fica aqui em casa. Nesses dias, o Engênio usa tudo que é disfarce pra ficar por perto da gente. E eu sei que ela também gosta dele. Ela que me contou. Mas pediu segredo e não vou trair minha amiga. Não disse nada pro meu irmão.

 Lá no fundo, no pomar, tem uma porção de frutas, mas a gente tem de tomar cuidado porque algumas têm bicho. Hoje eu vi a metade de um bigato se mexendo dentro de uma goiaba. Acho que a outra metade eu comi. Só de pensar nisso, me dá ânsia de vômito. Nunca mais na vida que vou comer fruta sem abrir primeiro. A minha mãe sempre diz pra gente lavar tudo que come. Lavar e abrir, eu acho.

Ontem de manhã eu estava lavando a calçada na frente da casa quando vi um sujeito esquisito olhando pra nossa casa. Ele parecia meio perdido. E já ia passando quando parou pra me perguntar se a dona Ester, menina, é aqui que mora? Sabe que eu gelei? Fui devagarinho dando uns passos pra trás, recuando sem tirar os olhos do cara, então quando já estava bem perto da porta perguntei o que era que ele queria. Ele disse com voz bem desrespeitosa: — Eu quero falar com a tua mãe.

Fiquei segurando a porta da sala e gritei pra dentro: — Papai!

Acho que meu grito foi tamanho e medonho que todo mundo morador desta casa chegou correndo no lugar onde eu segurava a porta pálida, como depois o Eugênio me contou.

O sujeito, esse, que perguntou pela minha mãe, nem tirou o boné, como a mãe da gente ensina, e disse:

– Bem, eu vim até aqui propor um acordo com vocês. A senhora matou meu pai e nossa família vai passar muita necessidade por isso. Ele era o principal sustento da gente. E agora ele tá lá no cemitério por culpa da senhora. Mas eu não quero confusão. Só quero que vocês me ajudem porque se não a nossa família vai passar por muitas necessidades.

Meu pai foi até lá perto dele, mas do lado de dentro do portão, que eu já tinha fechado. Meu pai não tem medo de nada. Eu acho.

– E o que é que você está querendo?

O sujeito, muito humilde nas roupas e no rosto com sujeira de barba, parece que amansou um pouco a voz por causa do meu pai ali perto dele.

— O senhor vê se me arranja cem mil reais e eu retiro a queixa contra sua esposa.

— Você está ficando maluco, cara. Então acha que dinheiro dá debaixo de pedra, é? Nem cem, nem dez, nem nada. E te manda, cara, que paciência tem limite.

O cara deu dois passos para trás, agora altoso com seu boné e uma voz rouca, pra dizer:

— Ah, é? Não vai dar nada, é? Pois o senhor é que pensa. Isso não vai ficar assim. O senhor tem família, não tem? Eu também tenho. Cada um protege a sua família como pode, não é assim mesmo?

Meu pai ficou muito vermelho, abriu o portão e disse: — Escuta aqui, seu safado, ou você desaparece daqui pra nunca mais ou te passo no fogo.

Ele, o safado, saiu caminhando depressa e sempre olhando para trás.

No fundo do quintal

De longe fez uma porção de gestos ameaçando a gente.

Aí meu pai disse que era melhor a gente não sair de casa até amanhã, que é segunda. Então ele vai até a delegacia de Mairi Mirim, falar com o delegado. Já dentro de casa, caso encerrado, minha mãe tremia e acabou chorando mais uma vez. Ela disse que estava com medo de que o sujeito voltasse uma hora em que ela estivesse sozinha em casa. Meu pai disse assim pra ela que na segunda, enquanto nós estivermos na escola, nem janela deve ser aberta. Tudo fechado. Que da escola ele telefonava pra delegacia pedindo proteção.

Pobre da minha mãe: mais isso agora pra mexer com os nervos dela. O Eugênio prometeu ficar com ela amanhã, muito protetor, mas meu pai acha desnecessário. É só manter tudo fechado, ele repetiu várias vezes.

Uma conjetura

Teve horas, hoje, que me arrependi por ter vindo morar nesta cidade, mas não fui eu que escolhi. E o Eugênio disse que é uma bobagem minha, pois coisas dessas podem acontecer em qualquer lugar. Acho que sim. Outras vezes já senti esse mesmo arrependimento, e um dia, na hora do jantar, perguntei a meu pai por que ele teve de mudar de profissão. Ele nem parou de mastigar para dizer que eu era ainda muito criança para entender algumas coisas.

– Quando você crescer, filhota, quando você crescer vai entender o que acontece.

– Mas eu quero entender agora, papai.

Ele parou de mastigar, muito sério, me olhou como se não me visse e explicou que desde cedo começou a trabalhar no banco, pois eram coisas que ele sabia fazer e que precisava de salário para ajudar em casa. Mais tarde, alguns anos, começou a pensar no futuro e não conseguia se ver aposentado no mesmo serviço.

— Uma questão de vocação, Fernanda, uma vocação que eu não tinha. Me dava desespero só de me ver envelhecendo no meio daquelas contas, papéis, somas e subtrações. Entende? Não era aquilo que eu queria. Sempre gostei de História. Sempre li sobre a humanidade, seu passado, sem ninguém me mandar. Era um gosto. Muito do que se faz hoje só tem explicação se a gente olha para trás. De onde e como viemos até aqui. Então resolvi mudar de profissão.

Os olhos dele estavam brilhando de tanta lágrima e eu corri e dei um abraço no meu pai. Não por ter entendido tudo, mas porque ele tentou me explicar.

A casa da Beatriz

Acho que ele percebeu que eu estava um pouco nervoso porque mal cheguei seu Osvaldo me ofereceu um copo de suco. A casa da Beatriz é ainda mais bonita por dentro do que por fora, lá da frente. As duas, a minha irmã e a Beatriz, ficaram nos fundos fofocando, claro, e nós dois, seu Osvaldo na frente e eu atrás, entramos na cozinha. Não se vê um palito de fósforo fora do lugar. Enquanto tomo meu suco ali perto da mesa, de pé mesmo, ele faz perguntas a respeito de nossa família, de onde a gente veio, o meu pai faz o quê, conta uma piada que não entendo direito, mas não deixo de rir, porque ele é o pai da Beatriz.

Eu tinha chegado a ensaiar o início de nossa conversa, o caminho pra meu pedido de informações, e agora não consigo me lembrar do que deveria dizer como introdução. Ele fala muito, este homem, e a Fernanda tem razão, é muito simpático, gosta de rir e presta atenção quando a gente fala. Já estou gostando dele. Mas que droga, ele não me dá brecha nenhuma pra começar meu assunto.

– A Bia me contou que sua mãe atropelou um homem na estrada, perto de Coivara. Pois então, me conte como foi isso.

Já terminei de tomar meu suco e coloquei o copo sujo em cima da pia. Em casa, a mãe ensinou a gente a lavar tudo que usa, mas aqui não tenho tanta intimidade pra ficar lavando louça. Por isso, deixo o copo quieto e começo a contar toda a história que ouvi da mãe. Ele ouve muito sério, às vezes passando a mão no alto da cabeça onde falta uma roda de cabelo. Sacode a cabeça concordando com o que digo, por fim me dá um tapa de leve no ombro e diz que a gente fique tranquilo. Foi um acidente e a mãe, ele diz, sua mãe não teve culpa nenhuma. Esse vagabundo que veio farejar dinheiro por aqui, é provável que nem filho ele seja do acidentado.

– Mas, enfim, Eugênio, diga a seu pai, como é mesmo o nome dele? Então, diga a seu Álvaro que precisando de qualquer coisa pode contar aqui com a gente, ouviu?

Ele me despenteia rindo, um sorriso franco, de gente boa, e vejo finalmente a brecha por onde podem entrar minhas investigações.

— Aqui neste bairro a gente não tem muito vizinho, não é?

Seu Osvaldo conta que agora até que o bairro está mais povoado, mas que no tempo em que ele construiu a casa, eram só duas, três nas ruas todas do loteamento.

— E o senhor, que é morador dos mais antigos daqui, o senhor sabe quem morou na nossa casa antes de nós?

Ele pensa um pouco e diz que a casa ficou fechada uns três anos antes da nossa chegada. Que muitas vezes a casa esteve à venda, mas ninguém se habilitou. Insisto no que me interessa. Ah, sim, era um casal de velhinhos. Ele, um homem muito doente, de cabelo branco, quase não saía de dentro de casa. Seu Adolfo e dona Vilma: gente muito boa, mas de pouca relação com vizinhos. Não moraram muito tempo nessa casa, e mesmo no tempo em que moraram a casa ficou no abandono em que nós encontramos tudo. O velho, dizem, quase não saía mais da cama. Um filho deles que mora a uns cem quilômetros daqui, de vez em quando vinha visitar os pais. Um dia fechou a casa e levou os dois junto com ele.

A casa da Beatriz

O pai da Beatriz vai me tirando de dentro da cozinha, com jeito, conversando e caminhando e não tenho alternativa senão ir atrás dele se quero ouvir o que está dizendo. Na porta da edícula, ele me pergunta se sei jogar pebolim. Ora, sei, quer dizer, sei um pouco. Acho que sei. Na segunda sala da edícula ele tem uma mesa dessas pequenas de sinuca e do lado uma outra de pebolim. As meninas estão do lado da casa e dão risadas indecentes quando passamos para os fundos. Elas estão rindo de mim, eu sei, o que me dá muita raiva. Mas não posso demonstrar nada, pois vou sendo carregado até a mesa do pebolim e já sou posto no jogo, tentando defender meu gol de qualquer jeito, o que não consigo e ele marca um a zero, com direito a festa de torcedor.

— Mas e antes dos velhinhos?

Seu Osvaldo segura na mão a segunda bolinha um tempão e, antes de continuar sua esmagadora vitória, pois já vi que ele é muito bom nesse jogo, me conta que um sitiante apareceu na casa depois de um período longo de desabitada.

Tinha dois filhos, o tal, e queria ver se eles estudavam, coisa que ele não tinha conseguido. Um homem simples, quase analfabeto, mas tinha aquela paixão. Queria ver os filhos formados. Por isso veio morar aqui. Tinha uma picape velhinha em que viajava todos os dias até o sítio de manhã, depois de deixar os filhos na escola, e voltava muitas vezes no escuro da noite. Dois anos depois descobriu que os filhos não queriam estudar, não tinham vontade, os dois, com um sonho comum, que era de trabalhar na roça, como o pai. Voltaram para o sítio e algum tempo depois chegaram os velhinhos.

Enquanto o sitiante, seu Bernardo, morou na nossa casa, ainda deu uma ajeitada no quintal, desenguiçou portas e janelas, andou trocando telhas quebradas, coisas assim. Mas também não fez grande coisa.

A segunda bolinha rola e nem tenho tempo de me posicionar já levo outro gol. Meu adversário ri em provocação e pergunta se eu não estou muito distraído. Digo que não e espero a terceira bolinha. Consigo alguma reação. Ele tenta me driblar, mas não consegue me enganar. Já entendi quais as manobras dele. Chego a chutar em gol, mas seu zagueiro afasta o perigo e manda a bola para os atacantes. Ficamos algum tempo movendo as barras de onde se penduram os jogadores, até que ele dá um grito e com uma velocidade que não entendo a bola passa por meu goleiro parado, o paspalhão.

Pergunto se ele se lembra de quem morava antes do sitiante, e seu Osvaldo me diz que a casa estava desabitada quando ele construiu a sua.

Cinco a zero é um resultado humilhante, então concordo que preciso treinar mais.

– Você precisa treinar mais, Eugênio. Desse jeito você nunca vai ganhar de ninguém.

Acho que já está na hora de voltar pra casa e saio à procura das meninas.

Na rua, depois das despedidas, a Fernanda me pergunta:

– E daí?

– Nada. Nenhuma das duas famílias que ele conheceu tem o perfil de quem enterra livro no fundo do quintal.

28 de fevereiro

Meu companheiro secreto, acho que não vai dar pé conversar com você todos os dias como no início cheguei a pensar. Ainda agora, que as aulas de inglês começaram. Eu e a Beatriz estamos na mesma classe. Então minha vida anda muito agitada e me sobra muito pouco tempo. É educação física, inglês, estou aprendendo a nadar no clube de que meu pai é sócio. Caramba, nunca pensei que a vida de uma adolescente fosse tão difícil.

O Eugênio também anda com o tempo dele apertado. Fiquei com dó dele, que foi conversar com seu Osvaldo no início da semana tão confiante, achando que era a chave do mistério, depois na saída me contou que as duas famílias que moraram nesta casa antes de nós não se encaixavam na história de jeito nenhum. Um casal de velhos doentes e um sitiante quase analfabeto. O Geninho, coitado, ficou muito triste. Bem que eu queria ajudar meu irmão, mas não sei como posso fazer isso. A única coisa que posso fazer é dar um beijo na bochecha dele quando encontro ele mais triste. Mas aí ele briga comigo, diz que eu babei o rosto dele, se limpa com as costas da mão. Eu sei que é tudo fingimento do Engênio e bem que ele gosta de agrado, mas tem vergonha. A vergonha que ele já está perdendo é de ficar segurando a mão da Bia na minha frente. Por isso eu também não dou mais risada quando vejo os dois juntos.

 Esta semana, minha mãe andou muito nervosa por causa de toda essa história do acidente. Um dia, logo na segunda ou na terça, não me lembro bem, aquele sujeito filho do defunto apareceu caminhando aqui na nossa rua. Quem contou foi dona Zila. Só que ele não voltou a aparecer. Na segunda, meu pai telefonou da escola, contando a história, depois à tarde ele foi até a delegacia e conversou com o delegado. E o delegado disse assim pro meu pai que até achava que já sabia quem era. Um malandro de Coivara, muito conhecido por lá por tentativas de aplicar golpes de tudo quanto é tipo. Que o meu pai ficasse sossegado porque o tal tipo de boné azul não ia incomodar mais. E acho que foi o que aconteceu, pois a gente anda de olho em tudo que é movimento na rua e nunca mais vimos nem sinal do malandro.

    Ontem de tarde eu estava em casa porque a natação só começa às seis da tarde, quando ouvi o barulho de um carro parando aqui na frente da nossa casa. E não era o carro do papai, era um ronco diferente, desconhecido. Fui até a sala para espiar e vi um homem

descendo de terno e gravata, um
homem meio bonito, então desci até o
portão e perguntei com muita educação
o que ele queria. Ele respondeu assim
que queria falar com dona Ester, se
o endereço estava certo. Eu disse a
ele que entrasse e fui correndo até os
fundos onde minha mãe estava tirando
a roupa da máquina de lavar. Ela veio
enxugando as mãos e convidou o homem
a se sentar na sala. Meu pai também
veio conversar e apertou a mão
dele como de um conhecido, aqueles
cumprimentos cheio de sorrisos. Depois
fiquei sabendo que era o advogado que o
meu pai arrumou para tomar conta do
caso do acidente da minha mãe.

    Mais tarde, quando o Eugênio
chegou do clube, contei a ele a história
e ele ficou muito admirado, querendo
saber por que eu tinha descido até o
portão se não conhecia o homem.

— Ora, por causa do jeito dele, o modo como se vestia, o cabelo no lugar certo. Ah, não sei, mas eu senti que era uma pessoa boa.

— Olha, Fernanda, isso não passa de preconceito. No outro dia você ficou com medo de um fulano porque era feio, andava de boné e trazia uma roupa meio do fuleira.

Sabe, meu companheiro secreto, na hora eu disse que não, que eu não tenho preconceito nenhum, mas agora conversando com você, que não conta o que eu digo a ninguém, acho que concordo com o Eugênio: a gente tem preconceito contra gente feia ou malvestida.

E por hoje chega que ainda vou à cidade com a Beatriz. Nós duas vamos ao aniversário de uma prima dela, uma pequenininha que eu já conheço. Amanhã é domingo e, se me der tempo, eu conto como foi a festa.

Livros comprometedores

Março foi um mês de pouco progresso. Andou chovendo vários dias e os dois irmãos tiveram de cobrir o buracão nos fundos do quintal. Deixaram a tampa no lugar dela, escondida por baixo da terra que recolocaram por cima. A ideia de uma cabana ficou esperando tempos mais folgados. Eugênio fez um desenho de seu palácio, mas é um desenho apenas. A construção da cabana vai precisar de muito tempo. Ele está pensando em esperar as férias de julho, contando que os pais não vão querer viajar. O caso do acidente continua enguiçado e várias vezes dona Ester teve de prestar depoimento na delegacia de Coivara. Se o caso não desembrulhar até as férias, vão ter de passar o mês de julho em Mairi Mirim mesmo. É a oportunidade de botar o projeto em execução.

Enquanto isso, Eugênio vai aproveitando as horas de folga pra folhear pelo menos alguns dos livros do rescaldo. O povo da casa resolveu aproveitar o sábado pra fazer as compras do mês e ele disse que ficava tomando conta de tudo.

Tinha lá seus planos. Não era toda hora que podia entrar no quartinho das ferramentas sem levantar suspeitas. Aproveitava momentos curtos e tensos por causa da pressa. Carregou cinco dos livros mais do fundo para a varanda por causa da iluminação. Só tinha de ficar de olho era na chegada de seu povo. Eles tinham saído há uns dez minutos, por isso Eugênio concluiu que iriam demorar bastante.

    Botou os cinco livros deitados na frente da cadeira preguiçosa onde costumava ler. Examinou com atenção a cara de cada um: escolha difícil — umas caras muito sisudas. Por fim, resolveu pegar o primeiro por sorteio e fez o "minha mãe mandou pegar este daqui". Deu bem no meio. *Furacão sobre Cuba*. Título estranho, como um livro de geografia. Ou de ecologia: as fúrias da natureza. O nome do autor não lhe pareceu muito complicado: Jean-Paul Sartre. Os dois primeiros nomes eram parecidos com João e com Paulo. Deviam ser esses mesmos numa outra língua.

No fundo do quintal

Não gostou muito da capa, um vermelhão muito berrante. E aquela cabeça de um barbudo com a boca aberta cheia de discurso. De sorteio não se pode recusar o resultado. Aceitou começar pelo livro sobre fenômenos naturais. Foi aquele mesmo. Bem velho e usado o livro. Mas olha só, que surpresa, na página de dentro, um nome. Seria do dono do livro? Laurindo de Almeida. Será que não tinha reparado antes e aquele nome já estava em outros livros? Ele abria pelo meio, lia um, dois parágrafos ao acaso. E perdeu todo esse tempo procurando? Pegou outro para examinar. "O que fazer?", V. Ilitch Lênin. Mais velho e mais feio. Capa verde desbotada, os cantos puídos. E ali estava novamente: Laurindo de Almeida também! Acho que encontrei uma das pistas mais importantes, ele pensou com um gosto de vitória na boca.

    Era preciso conversar outra vez com seu Osvaldo. Uma pena que estivesse viajando. Com essa nova pista, Eugênio sentiu-se bem perto de desvendar o enigma.

Livros comprometedores

Ele olhou os cinco livros empilhados no chão e disse baixinho, como se fosse um segredo apenas entre ele e os livros: agora vou até o fim. Os livros, mudos, não fizeram nenhum comentário.

Pronto, ele pensou, estes livros, pelo menos por enquanto, não me interessam mais. Precisava colocá-los de volta na pilha atrás do baú velho, apesar de ser muito cedo. Eugênio voltou à varanda, estirou-se na cadeira preguiçosa, sem urgência nenhuma atiçando sua imaginação. E agora? Sozinho em casa sem ter o que fazer! De repente uma ideia: Aproveito o tempo e termino os exercícios de desenho. Copiar a frente de uma casa, era tarefa pra semana seguinte. Por ele, por seu gosto, sentava na frente da casa da Beatriz e copiava a casa com ela, a própria Beatriz, sentada na varanda. Aproveitava que seu Osvaldo estava viajando pra namorar um pouco sua filha na ausência do sogro. Enquanto foi buscar o material de desenho, chegou a se imaginar conversando com Beatriz pelo portão.

Mas não, não teria coragem. Vai a nossa casa mesmo, pensou.

Ajeitou o cavalete fora da calçada e foi buscar uma cadeira. Bem, vamos ver, uma frente mais ou menos larga, duas janelas, entre as quais uma varanda e a porta da sala. De onde estava, podia ver ainda um pedaço da parede da direita e o toldo que seu pai tinha mandado colocar para proteção do carro. Uma faixinha estreita e escura, quase nada, era uma das janelas da sala. Mais à direita, uma árvore não muito alta, mas bem copada. Seu pai tinha dito que era um oiti. Tinha uma sombra muito boa, bem fechada.

— Não, este traço ficou num ângulo errado. Ah, e não esquecer da perspectiva. O ponto de vista é o meu, daqui onde estou sentado.

Desviando os olhos, que escorregaram pela rua abaixo, Eugênio achou que era Beatriz, lá do portão da casa dela, acenando. Respondeu ao aceno com o braço erguido.

Era ela, sim. Estava ajudando a mãe de vassoura e mangueira na mão. Terminou de lavar a calçada e sumiu.

Por cima do telhado, conseguia ver só uma pequena mancha escura que era a copa do abacateiro. As duas canelinhas, que ficavam do lado esquerdo, quase na frente da casa, se mostravam com seu verde brilhante. Pintar aquele verde sem seu brilho, ah, não, isso já seria um caso de incompetência. Do ângulo que tinha escolhido, não via quase nada do pomar: a casa, muito próxima, encobria tudo. É isso o ponto de vista, descobriu Eugênio num lance de lucidez.

Quando o grosso da família voltou, o menino estava registrando os últimos traços do esboço. O restante, os preenchimentos, era coisa para fazer na mesa do quarto. Fernanda pulou do carro e veio espiar. Olhou o desenho esboçado, olhou a paisagem e saiu correndo pra contar aos pais.

— Igualzinho. O desenho do Geninho, papai, é o mesmo que ver a nossa casa.

Na sala, o desenhista foi cercado pelos outros três membros da família, que queriam ver a paisagem que era o mesmo que ver sua casa. Eugênio estava mais ou menos acostumado com a surpresa causada por seus desenhos, uma facilidade, aquela, que era sua e que não imaginava de onde poderia ter vindo. E, mesmo sem saber a origem de sua habilidade, não lhe custava nada gozar os elogios em silêncio, um pouco vermelho de vergonha e com os olhos um pouco molhados de lágrimas alegres.

Quando terminaram de carregar as compras para a despensa, tarefa eminentemente infantil, naquela família, Eugênio arrastou a irmã pelo braço para a sombra do pomar, onde havia goiabas com bigatos, ou, pelo menos, metades de bigatos, para contar excitado sua descoberta. Laurindo de Almeida, o menino cochichou, certo de que era um nome perigoso e comprometedor.

— Mas você tem certeza, Eugênio?

— Além dos cinco, andei olhando outros livros e quase todos têm o nome escrito, sempre com a mesma letra.

Fernanda, sentada sobre o toco que muitas vezes já lhe servira de banco, mas sem goiaba nem bichos de goiaba que sua época já tinha acabado, veio então com sua pergunta preferida:

— E agora?

— Bem, minha primeira ideia foi conversar com seu Osvaldo, mas ele está viajando, não é mesmo? Enquanto ele não volta, você podia me ajudar.

— Eu, ajudar?

— A gente pode perguntar aos outros vizinhos da rua. Depois da casa da Beatriz, tem mais duas, e dobrando a esquina, uma rua antes da avenida, tem mais umas duas ou três. Você só vai comigo. Toca a campainha ou bate palmas, cumprimenta e eu faço a pergunta.

Não era tanto serviço assim que Fernanda se recusasse a ajudar. O problema foram os horários. Dificilmente suas disponibilidades coincidiam. Mesmo assim, em pouco mais de uma semana tinham batido palmas e tocado a campainha em todas as casas das redondezas.

No fundo do quintal

Mas sem qualquer resultado. Ninguém sabia quem era Laurindo de Almeida. Todos os vizinhos, sem exceção, alegaram o pouco tempo em que moravam no bairro.

O frio chegando, alguns dias de chuva ou de garoa, a época de provas do primeiro bimestre na escola, tudo isso contribuiu para que Eugênio fosse aos poucos esquecendo a chave definitiva do enigma, como tinha dito a Fernanda.

Enquanto passava o tempo, a ocupação principal de sua mente tornava-se uma princesa de cabelos escorridos cor de mel, com quem já trocara um beijo, uma noite, no portão de sua casa (dela).

᙭

21 de abril
Passei a tarde na casa da Beatriz. Ela gosta muito de ouvir as histórias que eu conto da nossa casa. Quando falo do Eugênio, então,

os olhos dela ficam saltados sem se mexer. Falar de Hairi Hirim é proibido por causa do perigo: um escorregão e nosso segredo deixa de ser. Só contei coisas acontecidas no ano passado, quando meu pai trabalhava no banco e nós dois brincávamos na rua. Amarelinha, cabra-cega, pegador, roda, mil brincadeiras com um bando de vizinhos. Nossa rua tinha muitas crianças. Muitas. O Eugênio, um dia, se escondeu tão bem, mas tão bem, que ninguém conseguia encontrar ele. Por isso desistimos e fomos fazer outras coisas. Mais tarde ele apareceu contando que tinha embarcado num disco voador e viajado até a lua. Me mostrou uma pedra escura e disse que era uma pedra lunática. Meu pai, que ouvia a história, caiu na gargalhada. Lunático é outra coisa, ele disse. Aí, até a gente se mudar, o apelido do Eugênio era lunático.

A Beatriz perguntou de olho arregalado e com delícia:

— Mas enfim, onde é que ele tinha se escondido?

Eu respondi que até hoje não sei. Ele continua dizendo que estava na lua.

Jogamos pega-varetas um tantão de tempo e ganhei quase todas. Eu tenho a mão mais firme da cidade. Depois dona Zilá chamou nós duas pra ensinar uns pontos de tricô. Ela estava começando uma blusa nova de lã pra Beatriz, uma blusa linda de mangas compridas, toda verde com faixas pretas, e deixou que a gente mexesse com as agulhas. A tarde estava meio parada, com cara de feriado, então fomos para o quintal jogar amarelinha. Pulando a gente sentia menos frio.

Depois do chocolate com bolo, nós ficamos na sala e a Beatriz me contou que hoje de manhã o Eugênio colheu abacate até encher um cesto. Ela viu quando ele passou na direção da avenida com aquilo, mas nem desconfiou de nada. Bastante tempo depois, ela estava lavando a calçada quando ele passou de volta com a cara de mau que ele sabe fazer. Ele parou um pouco e começou a xingar o povo da cidade porque ninguém quis comprar abacate dele. A Beatriz que me contou. No fim, muito irritado ele perguntou do que ela ria tanto. – Mas Eugênio, quem é que vai comprar abacate aqui em Hairi Hirim se quase todas as casas têm quintal e não existe quintal sem abacateiro?!

Ele riu também, com cara de bobo, mas riu.

– Nunca tinha pensado nisso – foi a resposta do Eugênio.

Quando mais tarde voltei da casa da Beatriz, encontrei a mãe sozinha no quarto, deitada na cama e chorando. Não adiantaram os disfarces dela. Eu percebi. Isso tem acontecido muitas vezes. Meu pai até já falou que ela precisa de um tratamento com urgência. Em Coivara existe um psicólogo com quem meu pai quer que ela vá ter uma consulta. Nós todos sabemos que é essa maldita história do acidente e do inquérito policial. Apesar de o advogado ter animado muito minha mãe, acho que a lembrança do homem sendo jogado longe e morto ainda não saiu dos olhos dela. Mesmo fechados. Fiquei bastante tempo deitada ao lado dela. Ela me beijou tanto o rosto que me deixou meio sufocada. Nos levantamos as duas e fomos cuidar da janta. Gostei de ter ajudado, porque no fim estávamos muito contentes rindo das histórias que eu contei da casa da Beatriz. Minha mãe prometeu que também vai fazer uma blusa de lã bem grossa pra mim.

Eu podia contar ao Eugênio o tanto que a Beatriz é maravilhada por ele, mas vou ficar bem quieta, porque meu irmão pode ficar convencido demais.

Numa tarde de feriado

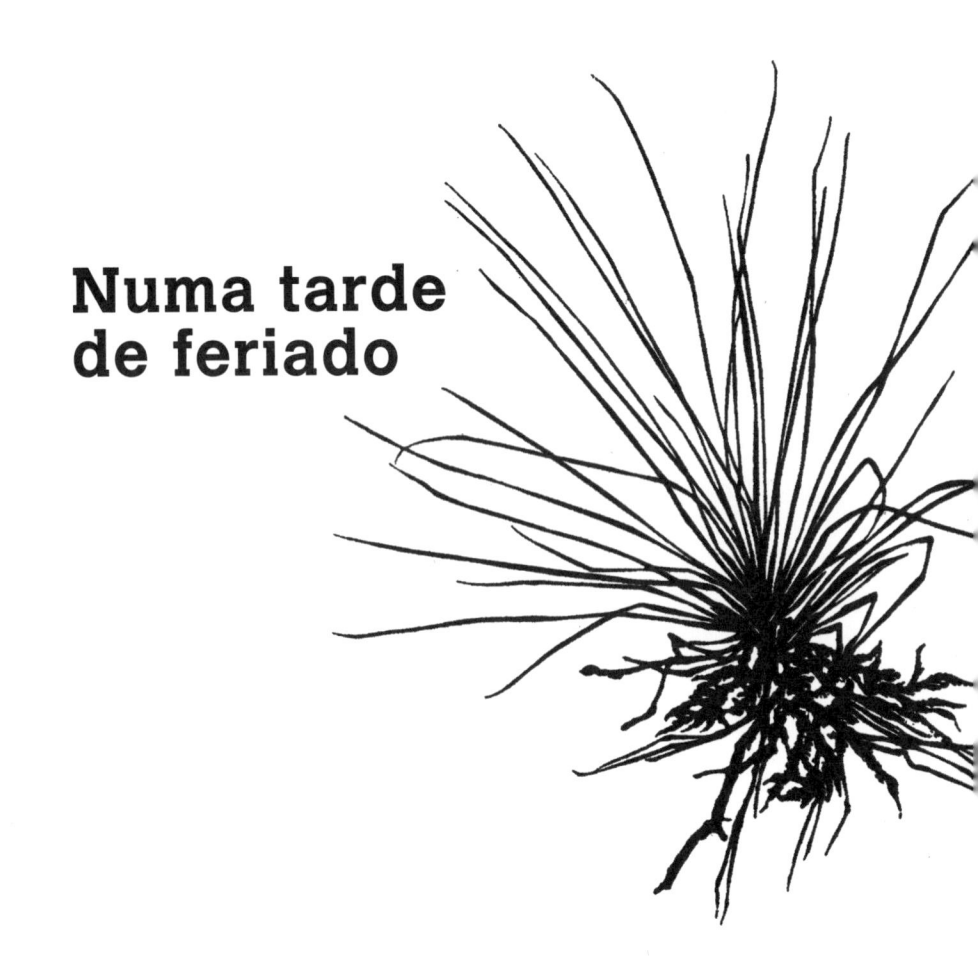

Numa tarde de feriado

Amanheceu devagar uma claridade escura, um tanto triste, porque, ao se levantar, Eugênio percebeu que estava garoando um frio que descia das nuvens baixas, manhã de um dia molhado e de agasalho. Em dias assim, o garoto não perdia muito tempo no banheiro, metido com escova e pasta, com água da torneira. Resolvia seus problemas de higiene com agilidade e barulho. A irmã, em compensação, terminava de dormir sentada no vaso sanitário. Se alguém, antes disso, falava com ela, Fernanda respondia ahã, ahã, e ninguém conseguia descobrir se com ahã, ahã ela queria dizer sim ou não. Nem ela mesma sabia.

Fernanda repetia no caminho para a escola, caso Eugênio quisesse conversar com ela:

— Não me acorde antes do recreio se não quiser se queimar no fogo do inferno.

E na hora do recreio o dia continuava um pouco dormente, com o sol escondido por cima das nuvens, enquanto corria, por baixo delas, um ventinho agudo e úmido, apesar da trégua dada pela garoa.

Fernanda, entretanto, já estava desperta e esperta. Desceu correndo as escadarias para o pátio, sem esperar sua amiga Beatriz, tampouco o irmão. Não tinha trazido o lanche e precisava pegar a fila na cantina.

Sentados no alto da escadaria, Eugênio e Beatriz não quiseram descer para o pátio, evitando o frio e a garoa. Os dois não sabiam muito bem ficar sozinhos porque era necessário falar um com o outro, e nem sempre eles tinham assuntos de interesse mútuo. Beatriz, um pouco menos tímida do que Eugênio, perguntou se a Fernanda não tinha vindo à aula. E foi uma boa pergunta, pois era um assunto simples, bastante conhecido, em que Eugênio não precisava se atrapalhar para responder. Então ele contou como era o início do dia para sua irmã, a dificuldade para se botar acordada e o tempo que gastava nisso.

Beatriz riu muito, pensando na amiga tão atrasada para sair de casa que nem conseguia se lembrar do lanche.

Como tivessem necessidade de mastigar, aproveitaram para não ter palavras atrapalhando a boca. Os dois. Eugênio ainda se punha a contemplar o rosto da menina, cada vez mais convencido de que era uma princesa esguia, com o cabelo cor de mel escorrido sobre os ombros. E ela, muito discreta, continuava mastigando sem achar ruim o fato de sentir-se inteiramente contemplada.

 O alto da escadaria, onde Beatriz e Eugênio ficaram sentados, estava um pouco escuro, como toda a escola. Ninguém tinha tido a ideia de acender as lâmpadas, talvez um esquecimento ordenado pela diretoria. Era dia, mas quase se podia pensar que estava anoitecendo.

 Como tivessem terminado de mastigar, ficaram os dois examinando as lembranças na tentativa de encontrar um assunto que rendesse mais do que meia dúzia de palavras. E foi Beatriz quem começou:

 — Sabe, meu pai chegou de viagem esta noite.

Eugênio aproveitou para saber mais sobre o pai de Beatriz e perguntou de onde ele havia chegado e o que fazia nessas viagens. Então ficou sabendo que seu Osvaldo era vendedor técnico de uma marca de computadores, trabalhando principalmente com periféricos, e, em suas viagens, tanto vendia quanto resolvia problemas técnicos. Vários estados, foi a resposta de Beatriz. Vários estados.

— Ontem, por exemplo, ele chegou lá da fronteira da Argentina. Visitou toda aquela região.

Eugênio ficou excitado com a notícia, mas não quis dar demonstração, por isso ficou inventando perguntas que escondessem seu pensamento. Agora ele tinha uma pista mais concreta. Mas não precisou fazer muito esforço de fingimento porque em seguida apareceu Fernanda, mastigando ainda o fim de seu lanche.

— Fiquei procurando vocês até agora!

— Mas foi você quem fugiu e nem olhou pra trás.

Nem bem Fernanda estabanou-se na escada entre o irmão e a amiga, ouviu-se o sinal estridente chamando muito irritante para as aulas.

— Que droga.

Subindo do pátio, o tropel de meninos e meninas enxugando as cabeças com as mãos ameaçava atropelar Fernanda, que tinha resolvido não sair do lugar, e que só no último instante deu um pulo para o lado, permitindo que a horda passasse.

O relógio da cabeça de Eugênio, foi o que ele sentiu, de repente parou nas últimas aulas da manhã. Ele estava ansioso por sair, mergulhar na garoa e na própria cabeça. Mas o relógio não andava. Depois de meses de investigação, parece que agora estava de posse de uma pista infalível. Eugênio pressentia um Brasil desconhecido por baixo do mistério sobre o qual caminhava.

Na viagem de volta pra casa, os vidros embaçados e a tagarelice de Fernanda,

No fundo do quintal

no banco ao lado do pai, Eugênio não saía de dentro de si mesmo. Estava inteiramente ensimesmado. Nada respondeu até chegarem em casa, muito menos perguntou. O olhar, fingindo filmar a paisagem móvel através dos vidros embaçados, estava mesmo era olhando pra dentro: a paisagem de sua cabeça. Não podia comentar na frente do pai seus projetos imediatos. Por isso tinha pressa de chegar em casa e ver-se a sós com Fernanda pra compartilhar com ela suas ideias. E o relógio de sua cabeça continuava sem colaborar muito. O fim da manhã demorava mais do que o dia inteiro. E como estivesse tão entretido com seus pensamentos, nem viu quando o carro brecou e Fernanda correu a abrir o portão, tarefa geralmente sua. Desceu também do carro e correu para trocar de roupa.

 O almoço estava esperando sobre a mesa quente.

 Quem foi o primeiro a terminar de almoçar?

Na porta da cozinha para os fundos da casa, Eugênio fez um movimento de cabeça muito discreto, mas que Fernanda já conhecia. Dois minutos depois eles se encontravam debaixo do pomar.

— Sabe o pai da Beatriz?

— Que é que tem ele?

— Chegou da viagem esta noite.

Fernanda estava demorando a entender de uma forma muito irritante.

— E daí, que chegou?

— Mas você é muito burra, Fernanda. Amanhã à tarde vou até a casa dele.

— Fazer o quê?

— O nome, Fernanda, o nome nos livros. Não se lembra mais? Laurindo de Almeida. Era a pista que faltava pra gente. Agora descubro o que aconteceu.

— Você é mentiroso — vingou-se Fernanda —, o maior mentiroso que existe neste mundo. Você vai lá é por causa da Beatriz, pensa que eu não sei?

Não houve jeito de amansar a irmã. Eugênio chegou a pensar num pedido de desculpas por ter xingado Fernanda, mas um gato atravessou em disparada o terreno, embrenhou-se no mato e num pulo estava do outro lado do muro. Os dois se distraíram, deram risadas por causa do susto, mas o assunto acabou perdendo o fôlego até cair morto e encharcado no chão do pomar.

---

1 de maio
Sozinha numa tarde de feriado: acho que estou ficando velha. Meus pais, no quarto dormindo, aproveitam a folga fazendo o que mais gostam de fazer: dormir. O Eugênio, que se pensa muito esperto, foi logo depois do almoço pra casa da Beatriz e acha que me engana com o papo investigação. Ele, o que está, é babado pela Beatriz. Nunca vi paixão igual à dele. E a Fernanda, aqui, exercitando as recordações escritas.

Ontem o Eugênio ficou sabendo que o seu Osvaldo chegou da viagem e anda de olho vidrado, pensando no fim da investigação. Eu me vinguei, claro, por ter me chamado de burra, e disse que ele é mentiroso. Foi uma vingança fraquinha porque burra é mais forte do que mentiroso, mesmo assim ele vacilou no pedestal. Eu digo que ele foi conversar com o seu Osvaldo só pra ver a Beatriz, mas digo isso de propósito, pra azucrinar a paciência dele.

Os meus pais andam muito desconfiados com o comportamento do Eugênio, mas eles acham que a causa é a paixão modificando meu irmão. Claro que eles já perceberam. Pais quase sempre percebem as alterações da gente. Meus pais são assim porque andam sempre muito perto dos dois filhos que eles têm, conversando, brincando, perguntando. Os dois, tanto meu pai como minha mãe. Ela ainda mais do que ele, porque ele trabalha muito fora de casa. Três vezes por semana ele dá aula de tarde e ainda dá algumas aulas particulares pra uns caras que querem fazer vestibular. Ele trabalha tanto porque agora tem despesa com advogado, aquele homem de gravata que cuida do caso da minha mãe: o acidente.

O Eugênio nem sei como conseguiu engolir o almoço, de tão afobado que estava por sair. Minha mãe reclamou:

— Mas que pressa é essa, nem se despede da gente?

Ele voltou da porta e deu um beijo no rosto da minha mãe, que piscou pra nós. Esse menino, ela disse depois que ele saiu, já está um moço. E ela sorriu, mas tão enternecida com sua maternidade, que senti um pouco de

Numa tarde de feriado

inveja. Será que um dia ela vai dizer que estou uma moça?

Várias vezes já pedi a minha mãe pra arranjar um gato e um cachorro. Um quintal grande deste jeito, bem que cabem alguns bichos pra gente se distrair. Semana passada pedi outra vez. Ela respondeu que ainda não, porque o terreno está muito sujo, com muito mato. Me prometeu arranjar os bichos logo depois da audiência no fórum. Acho que já está marcada. Disse que então manda limpar todo o quintal e me dá quanto bicho eu quiser. Quando ela falou em limpar o quintal e cortar o mato, estremeci. Será que agora eles vão descobrir nosso segredo? O Engênio foi pra casa da Beatriz. Tá bem, eu sei que é por causa daquele nome que ele descobriu, mas que um pouco é pra ver a Beatriz, ah, disso tenho certeza. Ele nunca mais falou da cabana, acho que até já desistiu da ideia. Preciso perguntar a ele quando é que vai ser a inauguração de nosso palácio.

    Os livros continuam escondidos atrás daquele baú velho. Um lugar escuro, cheio de trastes sem serventia. Difícil aparecer alguém por lá. Mas o buracão, sei lá, dependendo da limpeza que for feita, pode ser que a terra por cima da tampa não seja suficiente. Já fez sol e choveu por cima e acho que está tudo bem disfarçado, mas se alguém inventar de virar a terra pra uma horta ou qualquer coisa assim, acaba batendo naquela laje. Aí, ninguém mais segura nosso segredo. Foi assim que encontramos o buracão. O Eugênio disse que, se tivesse piche, ele colava a tampa na borda do buraco e nem água entrava lá. Mas agora pode entrar a água que entrar porque não tem mais nada lá dentro.

    Estou ansiosa para que termine logo esse caso da minha mãe. Não só por causa do gato e do cachorro, mas principalmente porque ela anda muito nervosa. Ela chora menos, agora, mas ainda chora. O advogado voltou aqui em casa umas duas, três vezes, e disse que ela ficasse calma, pois confiava no juiz. Meu pai concorda com o advogado.

    Eu amo a minha família.

A casinha do velho Anastácio

A casinha do velho Anastácio

  Minha mãe reclama e volto pra dar um beijo no seu rosto. Para os outros faço um aceno de despedida, e me mando. Desde ontem espero por esta hora. Desde ontem não para esta garoa irritante. Pedi à Beatriz que avisasse seu Osvaldo. Tenho um assunto com ele. Acho que descobri a pista definitiva. Este vento frio me gela as orelhas. Com o nome na mão, agora vou até o fim.
  O chato mesmo foi ter chamado a Fernanda de burra. Quando começa com muitas perguntas, ela me irrita. Tenho a impressão que só finge não estar entendendo, porque burra é que ela não é.
  Eles pensam que eu sou bobo, o pai e a mãe, que não vi a troca de olhares maliciosos dos dois, com sorriso. De certo ficaram pensando que saí com pressa só por causa da Beatriz. Bom mesmo que pensem, assim não tenho o trabalho de dar explicação nenhuma. A malícia deles é que me salva. E a Fernanda, é claro, deve ter ficado fofocando o que pode pelas minhas costas.
  As casas daqui, a maioria delas não têm campainha. Bato palmas e acordo o cachorro da Beatriz, que vem fazer barulho no portão.

No fundo do quintal

Ele chega com o nariz me respirando e abana a cauda, mas não para de latir. Será que não cheguei numa hora inconveniente? Essa demora. Espero um pouco afagando a cabeça do Sultão. Sinto que ele gosta de afago na cabeça pelo modo como se entrega, os olhos meio fechados de gozo. Bato palmas outra vez e o cachorro desanda a correr pelo lado da casa pra chamar alguém lá nos fundos. E consegue.

— Entra, Eugênio! O portão está só encostado.

Empurro o portão e entro me defendendo das festas do Sultão. Por trás do pai, a Beatriz ralha com o cachorro com áspera voz de ralho, mandando que ele vá se deitar. E ele vai. O que mais me admira nesta casa é o modo como todos são obedientes e como se entendem.

Aperto a mão de seu Osvaldo e não me esqueço de perguntar como ele foi de viagem. Ele primeiro me manda sentar numa poltrona, desliga umas festas na televisão e começa a me contar por onde andou e o que fez. Não é muito rico em detalhes, seu Osvaldo, mas conversa comigo como conversa entre dois homens. Eu gosto.

A casinha do velho Anastácio

Dona Zilá chega da cozinha com uma garrafa térmica na mão e atrás dela vem a iluminação do meu dia garoento. Fico meio sem jeito. Eu percebo isso: que fico meio sem jeito quando a Beatriz aparece e chega perto de mim. Sinto calor no rosto. A Fernanda vive dizendo que se eu fico vermelho é porque estou escondendo alguma culpa. Minha irmã nem sempre sabe o que diz. O Sultão vem atrás das duas e recebe um corridão, enxotado pra fora. Ele sai com ar triste e submisso, como se estivesse acostumado a palavras duras.

Não sei como começar meu assunto, por isso finjo que estou prestando muita atenção em tudo que eles fazem ou dizem. E o cafezinho me ajuda bastante no fingimento. Chego à conclusão de que tenho é muita sorte. As duas se retiram com a garrafa e as xícaras, então seu Osvaldo me encara e diz:

– Bem, a Bia me disse que você queria me fazer umas perguntas sobre antigos moradores de sua casa. É isso mesmo?

Desenrolo na língua o nome de Laurindo de Almeida, convencido de que desta vez o mistério se desvenda. Laurindo de Almeida, mastiga seu Osvaldo com delicadeza o nome proposto. Ora, Laurindo de Almeida, ele diz, deve ser alguém que morou aqui muito antes de nossa chegada. Não, realmente ele não se lembra do nome.

    Um gosto meio salgado me desce da boca para o esôfago, um líquido morno, talvez letal. Disfarço o suor que encharca minhas mãos, espalmando as duas nas minhas coxas. É realmente alguém que pode ter morado no bairro muito antes de nossa chegada.

    Me parece que seu Osvaldo percebe minha decepção, porque se põe a pensar, testa franzida, olha para o alto, busca um nome, um vestígio qualquer, alguma coisa que me ajude. De repente, me encara com os olhos por baixo de sobrancelhas muito erguidas e um ar quase de sorriso.

    – Olhe aqui, Eugênio, eu acho que você só tem uma solução: dê uma chegada até aquela casinha lá do fim da rua, o casebre do velho Anastácio. Sabe, ele é o morador mais antigo do bairro. Dizem que a casinha dele era na beira de uma roça, que a cidade foi engolindo.

Quem sabe lá você não consegue as informações que procura.

Quando as portas se fecham, e o desespero parece que vai derrubar a gente, uma só portinha que se abre pode ser a salvação. Paro de engolir esta saliva salobra, minhas mãos deixam de purgar o suor pegajoso, e acho que meus olhos brilham. Pelo menos começo a ver o mundo mais iluminado.

Seu Osvaldo me convida para uma partida de pebolim e não tenho como fugir dele. Sou muito ruim nesse jogo e acho que vou levar outra surra, mas é feriado, ele chegou de viagem, me deu uma sugestão que talvez resolva meu problema. Nos levantamos e vamos para a edícula, nos fundos da casa.

Enquanto vai marcando seus gols, que não consigo evitar, seu Osvaldo confessa que está muito intrigado com minha curiosidade. Não posso revelar a ele que depois da descoberta dos livros fiquei com a sensação de que existiu um Brasil que eu desconheço, pois ainda não sei do que se trata. É só uma desconfiança.

Então digo a ele que, como meu pai, quero ser professor de História, mas não quero ser como ele, que conta só a história que encontra nos livros. Eu quero investigar os acontecimentos e escrever os livros de História. Gosto disso. Ele se contenta com minha explicação. E a explicação que sou obrigado a inventar pra ele acaba de ser minha própria descoberta.

2 de maio
O Eugênio não voltou muito entusiasmado ontem, da casa do seu Osvaldo. Me contou que o pai da Beatriz nunca ouviu falar naquele nome que ele descobriu. Mas a entrevista não foi inútil, ele disse, porque seu Osvaldo indicou um antigo morador, o mais antigo de todos, que pode dar as informações que vão desvendar o mistério dos livros enterrados no fundo do quintal.

A casinha do velho Anastácio

Já faz quatro meses que descobrimos o buracão com os livros, e o Eugênio botou na cabeça que precisa descobrir o que se esconde por trás de dois pacotes de livros escondidos num buraco. Até da nossa cabana ele se esqueceu. Nem fala mais no assunto.

O Eugênio me disse com uma cara de quem viu a porta do paraíso que, pra não revelar nosso segredo, teve de inventar uma mentira para o pai da Beatriz. E que a mentira era uma verdade, pois agora descobriu que quer ser um historiador. Menino bobo, nem sabe o que é isso. Muito metido, meu irmão.

Eu já vi de longe a casinha do velho Anastácio, que eu nem sabia se chamar assim. É um velho que vive sozinho lá bem no fim da rua, já quase no meio do mato. O Eugênio está muito satisfeito com as descobertas que vai fazendo.

É um trabalho de historiador, ele disse muito garganta. Eu fiquei contente com as descobertas dele e sorri, mas só porque não revelei a ele que eu também já sei o que quero ser quando ficar grande: quero ser escritora. Mas isso acho que já sabia desde o início deste diário. Só que é uma coisa que nunca jamais em tempo algum vou contar pra ninguém. Ia ficar com vergonha, eu acho. Não sou tão envergonhada como meu irmão, mas de uma coisa tão longe de acontecer não é bom ficar falando. Os outros vão achar que eu sou boba. E depois, eu gosto de manter segredo.

Domingo de manhã

Geninho sofreu um resto de semana com o velho Anastácio preso na gaiola sem ter com quem comentar suas esperanças nem como soltar o passarinho verde. Não tinha muita noção da fisionomia do velho, que vira uma ou duas vezes passando na direção da avenida. Só podia ser aquele de chapéu murcho e desabado que tinha passado soltando cheiro de fumo numa fumacinha azul bem da paupérrima.

No domingo de manhã, contudo, fez de tudo para controlar a pressa e não deixar que a família suspeitasse de alguma novidade mais séria. Fez de tudo, mas não fez muito, porque, logo depois de ter tomado café, trocou as chinelas por sapatos, vestiu uma bermuda comum e uma camiseta velha. Só quem percebeu os preparativos foi Fernanda, que estava mais interessada numa lição de confeitaria prometida pela mãe.

Havia dois dias que o sol tinha espantado a garoa e enxugado a terra.

Domingo de manhã

Um sol meio assustado, sem muita convicção, que se balançava nas ondas de uma aragem fresca. Eugênio deu umas voltas pelo quintal, pendurou-se no portão, jogou uma pedra na direção do bando de anus, olhou para os lados, não viu ninguém e botou o pé no caminho. Saiu para a direita, o caminho do quase nada. Quatro, cinco casas até a rua terminar numa cerca que protegia uma rocinha de mandioca. Ao lado, o barranco em cima do qual se equilibrava o casebre com cheiro de picumã do velho Anastácio. A escada, para escalar o barranco, eram degraus escavados na própria terra. Se estivesse chovendo, pensou Eugênio, não tinha muita certeza de poder escalar aquela altura.

Movimento nenhum além das plantas tocadas pelo vento brando. Ali o mundo terminava. Parado cá na rua, no fim da rua, Eugênio olhou para cima sem decidir ainda como chamar o velho. Por fim, como era hábito no lugar, bateu palmas.

De dentro da casa, veio investigar que barulho era aquele um cachorro magro e pouco desenvolvido, que latiu com certa timidez ao ver na rua o garoto de pé parado: uma estranheza. Em seguida, apareceu aquele mesmo velho com o mesmo chapéu murcho e desabado, mordendo a ponta de um palheiro apagado. Satisfeito com sua participação na defesa do lar, o cachorro desapareceu entre umas touceiras de macega ao lado da casa.

Depois de se cumprimentarem, cá de baixo e lá de cima, o velho Anastácio quis saber se Eugênio desejava alguma coisa.

— Conversar com o senhor.

O velho olhou para os lados como se procurasse o sentido daquele desejo, e exclamou:

— Comigo?

Eugênio subiu dois daqueles degraus.

— Me disseram que o senhor é o morador mais antigo do bairro e eu queria umas informações.

Domingo de manhã

— Sobe até aqui, menino.

O convite animou Eugênio, que quase aos pulos chegou ao topo da escadaria. O velho também estava curioso: o que poderia estar querendo com ele um garoto daquela idade? Ao lado da porta, um banco tosco de costaneira foi oferecido à visita.

— Então pode falar, menino. Que informações são essas?

Começava a melhorar, pois o próprio velho tomava a iniciativa da conversa.

— Seu Anastácio, ouvi dizer que o senhor é o mais antigo morador deste bairro. Já pedi a muita gente informações sobre os antigos moradores da casa que meu pai comprou e onde estamos morando, mas chega num ponto que ninguém sabe mais nada. Queria saber se o senhor podia me informar.

O velho Anastácio acendeu o cigarro, tragou fundo e demorado, soltou a fumaça e coçou a cabeça por baixo do chapéu.

— Isso é verdade. Vim morar aqui com meu pai, eu era ainda criança. Esta rua não existia, nem tinha qualquer casa do posto de gasolina pra cá. Naquele tempo, a bomba era numa beira de estrada. Meia dúzia de casas, umas lojinhas escuras, um boteco ou dois e pouco mais do que isso era Mairi Mirim.

A história encompridava num rumo desnecessário e Eugênio aproveitou uma pausa pra torcer o caminho.

— E o senhor se lembra das pessoas que moraram na casa antes de nós?

Seu Anastácio, o velho, coçou novamente a cabeça e começou a desenrolar, do presente para o passado. Foi citando o que sabia dos moradores mais recentes e buscando na memória os mais antigos. Assim foi que Eugênio ficou conhecendo a história da construção do muro, da plantação das árvores do pomar, de onde veio aquele portão de ferro. Histórias interessantes, que em outro momento talvez viesse investigar: a história da casa.

Agora, entretanto, o que urgia saber não entrava nos assuntos do velho. Novamente ele o interrompeu.

— O senhor por acaso se lembra de um Laurindo de Almeida?

O velho parou súbito, parado, olhando o menino. Seus olhos estavam bem próximos do assombro.

— De onde o menino tirou esse nome?

— Encontrei um pedaço de papel com o nome escrito e achei que era um morador antigo.

Seu Anastácio acendeu novamente o palheiro que estava apagado, tragou, soltou a fumaça azul para que ela se misturasse no céu, então pigarreou e começou a falar, com muita calma e depois de bastante tempo.

— Olhe, garoto, isso foi há muito tempo. Lá pela década de sessenta do século passado. O Laurindo era assim mais ou menos da minha idade e morava de aluguel naquela casa. Ele mais a mulher dele. Na cidade, diziam que ele era um subversivo:

andava metido com sindicato e reforma agrária. Não aqui, em Mairi Mirim, que aqui nunca teve gente interessada nesses assuntos, mas ele viajava muito, quase nunca estava em casa. Era um homem inteligente, de fala difícil, e não tinha muitos amigos neste bairro. Eu era dos poucos que de vez em quando dava uma paradinha pra uma prosa com ele. Ele dizia que ninguém podia segurar o progresso e que mais cedo ou mais tarde as coisas iam mudar pra melhor. Gostava de ouvir o Laurindo falar porque ele me deixava sonhando e por muitos dias eu me sentia mais feliz.

O velho interrompeu o relato, ofereceu água ao visitante, que não aceitou, e disse que estava com a garganta seca. Enquanto estava afastado, Eugênio aproveitou para espiar o interior escuro do casebre, sem luz elétrica e com fogão a lenha. As paredes e o teto da cozinha eram um pretume só de fuligem. Uma mesinha mambembe, dois banquinhos de três pernas, um armário feito a facão com alguns utensílios.

Domingo de manhã

Que vida, pensou o garoto, pouco mais humano do que seu cachorro magricela.

Nem acabou de sentar, o velho já estava continuando a história.

— Um dia, passou por aqui um carro que a gente nunca tinha visto. Eu senti que o Laurindo ficou preocupado. O carro veio até aqui o fim da rua, manobrou e voltou bem devagarinho. Pouco depois, o Laurindo bateu aqui em casa e me perguntou o que eu tinha achado daquele carro. Eu, na minha ingenuidade, disse simplesmente que me pareceu alguém extraviado do caminho, algum viajante perdido. Ele me disse, não é não, Anastácio, as coisas no Brasil estão ficando feias. Dois dias depois, numa noite escura, daqui de casa eu vi aquela iluminação de dois carros parados na frente da casa que hoje é de vocês. De manhã bem cedo fui até lá pra saber o que tinha acontecido. Tudo aberto, revirado, nem o Laurindo nem a mulher dele. Fechei as portas e as janelas, e durante muitos dias a casa ficou exatamente como eu deixei.

Do Laurindo e da mulher dele nunca mais se ouviu falar. Mais de um ano depois dessa história, a casa ainda estava vazia, ouvi dizer que os dois tinham sido mortos na polícia da capital. Nunca mais tinha ouvido falar sobre eles. Até hoje.

Seus olhos brilhavam úmidos em suas órbitas fundas. Ele estava muito triste quando Eugênio se despediu. Triste também, mas com a certeza de que estava desvendado o mistério dos livros no fundo do quintal.

Revelação do segredo

A Fernanda se metendo a padeira, hein, pode uma coisa dessas? Enfio olhar pela janelinha de vidro do forno e o que vejo é um bolo belo, intumescido, parecendo que vai arrebentar a própria pele. Ela me olha séria pra descobrir a impressão que seu trabalho me causa. Num dia em que estou contente, como agora, tudo é um exagero de bom. Levanto as duas sobrancelhas e passo a língua pelos lábios. Sozinha? Ela move a cabeça pra cima e pra baixo, com a lentidão que a certeza exige. Sozinha. Pergunto pelo almoço e a mãe, que vem chegando dos fundos com umas ervinhas na mão, garante que em menos de meia hora. A mesa ainda está coberta de farinha seca, xícara suja de leite, casca de ovo, uma faca, uma anarquia. Quando pergunto pelo pai, ele mesmo responde da varanda, onde está lendo um jornal qualquer.

Sento na cadeira preguiçosa ao lado do pai, e digo que preciso falar com ele um assunto muito sério. Ele só me pede um tempinho pra terminar de ler uma notícia. Enquanto ele lê, me distraio viajando pelas copas das árvores porque meus pensamentos, leves e imprecisos, parecem passarinho irrequieto, que não tem parada. Agora não preciso mais guardar segredo nenhum. A Fernanda me olhou com muitas perguntas nos olhos, mas ficou com medo de que ouvissem alguma coisa. Eu fingi não entender a intenção dela e fiquei quieto. O primeiro a saber vai ser o pai, porque ele é quem vai ter de dar as explicações.

Ele dobra o jornal em quatro com extrema eficiência e toda a calma do mundo, depois o coloca em cima do armário de bugigangas da mãe. Eu sinto que ele está dizendo com os gestos que agora é todo meu, mas a expressão de seu rosto me parece de quem não está acreditando muito na seriedade do meu assunto. É bem difícil levarem a gente a sério quando se diz que vai dizer uma coisa séria.

Conto a história toda, desde o início. Nossos caminhos, a trilha pelo meio do mato nos fundos do quintal. Nem os túneis bem camuflados eu omito. O pai ri e pergunta de onde tirei essa ideia. Respondo que não sei bem, pode ser que alguma vez tenha visto coisa parecida na televisão. É fácil perceber que agora mesmo é que ele não vai acreditar no meu assunto sério. O pai tenta aprofundar o assunto da cabana, contando como era que ele mesmo fazia, e sou obrigado a dizer que não, que minha história é bem diferente. Quando ouve falar da lajota, com aquele barulho estranho, parecendo uma coisa oca, fica concentrado em mim, esperando, muito quieto. Aproveito o silêncio dele e avanço com pressa no que tenho de contar. Conto com pressa, mas sem deixar detalhe nenhum pra trás. Até do lagarto e do gato eu falo. Dos passarinhos. Por fim eu chego nos dois sacos plásticos pretos enrolados com tiras de lona, completamente fechados. Agora já acho que o pai está um pouco assustado. Como assim, sacos?, ele me pergunta, com bafo quente de não estar entendendo. Explico como os sacos se fechavam, um engolindo a boca do outro, nos dois embrulhos. Ele não consegue mais respirar direito.

Revelação do segredo

    Ao falar dos livros, vejo o assombro causado pela história. Por fim, consigo que ele me leve a sério. Muitos títulos eu já sei de cor e vou desfilando nomes e títulos. O pai deve conhecer alguns, pelo menos, pois sacode a cabeça, os olhos abertos ocupando o rosto todo dele.

    Da cozinha nos chega o cheiro do bolo que imagino a Fernanda tirando do forno. A mãe aparece na porta e diz que já vai servir o almoço. Com a curiosidade encravada no rosto, meu pai pede que ela espere um pouco, pois temos um assunto pra terminar. Atrás da mãe chega a Fernanda e pergunta, Que tanto assunto vocês dois têm que nem querem almoçar. Ah, mas em seguida noto por seu sorriso que já percebeu tudo. Ela sabia da minha ida ao casebre do velho Anastácio. Esquece o almoço e senta numa banqueta a meu lado. A mãe pergunta, gritando de dentro da cozinha, se vai demorar muito. O pai diz que pode demorar e ela deixa a comida no fogão, para não esfriar. De repente a família toda na varanda, ouvindo o resto do meu relato.

A maior parte das coisas que sabe, meu pai, é de ler e estudar. No tempo do golpe, ele diz, eu ainda não existia. Mas na época do fim da ditadura, com a multidão nas ruas pedindo eleições, já estava suficiente garoto pra lembrar principalmente das imagens da televisão. Nunca mais viu, ele conta, tanta gente junta nas ruas. Na época, não entendia direito o que aquilo representava, mas os mais velhos, que tinham testemunhado a tirania que tinha sido a ditadura, contavam histórias terríveis, de não se acreditar. Muitas mortes, ele repete, muitos torturados.

A mãe interrompe e quer saber como esse assunto começou, e o pai toma a iniciativa e resume tudo que contei a ele. Ela, a mãe, nos olha os dois com olhar querendo dizer que não consegue acreditar que suas crianças andaram tão longe em suas investigações sem que ninguém percebesse.

Falo dos livros escondidos atrás do baú e cobertos por um pano velho. Os dois, o pai e a mãe, ficam feito bestas um rindo para o outro.

Revelação do segredo

    Por fim o pai conclui que foi uma fase negra da história de nosso país, com atos violentos, antidemocráticos. Esse Laurindo de Almeida, ele diz, é bem provável que estivesse implicado na luta contra a ditadura. E isso era fatal. Nem sempre matavam querendo matar, ele acrescenta. Às vezes queriam apenas arrancar alguma informação, e assim torturavam uma pessoa até ultrapassar os limites de sua resistência. Alguns se suicidavam pra não revelar segredos da resistência. Outros, eles mesmos matavam e diziam aos jornais que tinha sido suicídio. Os jornais tinham censores fiscalizando cada palavra que era publicada. Como assim, censores?, a Fernanda quer saber. Pessoas do governo que não permitem a publicação de nada que possa manchar a imagem do governo. Mas isso tudo aconteceu no Brasil, papai? A Fernanda não se conforma que uma terra de gente tão afável como é a nossa possa ter assistido a tanta barbaridade.

    O pai sacode a cabeça confirmando e ficamos um tempo em silêncio, cada qual concluindo o que pode a respeito das descobertas que fizemos. Meu pai se levanta e diz que depois vai querer ver os livros e o buracão cimentado no meio do mato.

E se vocês não quiserem um almoço gelado, vamos logo pra mesa. Já passa da uma da tarde e ainda nem disse a eles que vou ser um historiador. Isso eu conto mais tarde, porque agora só consigo pensar em comida.

※

3 de maio

Hoje nós almoçamos bem tarde, mas não é só porque era domingo. Bem cedo, logo depois do café, o Eugênio desapareceu, e só eu sabia mais ou menos aonde ele tinha ido. Durante a semana ele me contou a conversa que teve com o seu Osvaldo, e a indicação do velho Anastácio, aquele homem esquisito que às vezes passa aqui

Revelação do segredo

pela frente da nossa casa. Mas nós almoçamos bem tarde também não foi por causa do sumiço do Engênio. Outro dia chamei ele de Geninho e o idiota me deu uma bronca. Prefere ser chamado de Engênio, o bobo. É que ele, quando apareceu, vinha com a descoberta do enigma já coçando a língua. E aí não houve jeito de parar a conversa dos dois, o Engênio e meu pai. Por fim, a mamãe e eu também fomos ouvir. Meu pai, no fim, falou de um Brasil que eu nem imaginava ter existido, essa coisa toda da política, o quanto mal fizeram a algumas pessoas que não concordavam com o governo.

    Antes de tudo, minha mãe me ensinou a fazer umas delícias de biscoitos e um bolo de laranja que me dão água na boca. Ela disse que eu não posso abusar, pois já estou um pouco gordinha. Meu peso passa um tiquinho só do normal e ela já começa a pegar no meu pé. Principalmente daqueles biscoitos de polvilho, eu como escondido. Que mal pode fazer um biscoitinho daquele tamanho? Mas minha mãe, com a cintura de mocinha que todo mundo elogia, ela não me dá folga.

 Nós passamos a manhã toda trabalhando e rindo uma da outra, minha mãe e eu. O Eugênio tinha sumido, meu pai ficou lendo o jornal dele na varanda dos fundos, e nós duas fizemos a maior sujeira na cozinha. Depois ela me disse que me virasse sozinha com o bolo porque alguém precisava preparar o almoço. Nos últimos tempos ela anda mais alegre e não se queixa mais de não ter dormido a noite toda. Também não vive mais chorando pelos cantos, como ela fazia. Ela diz que não se lembra mais do acidente nem fica o tempo todo vendo o corpo deitado na estrada. O que ainda preocupa minha mãe é o que pode acontecer no processo. Meu Deus, que coisa mais demorada!

    E por hoje chega, que estou muito cansada.

Finalmente as férias

Finalmente as férias

Acordo e abro bem os olhos pra ter certeza de que estou de férias. O mês passado parecia que não passava, de tão cansativo. O pai nunca fez exigência exagerada, por sermos filhos de professor, mas às vezes ele dizia que era duro começar uma nova carreira depois de certa idade e mesmo assim ele tinha escolhido esse caminho. Que nós dois tínhamos a oportunidade de começar a preparação do futuro desde já. Ele dizia isso, tenho certeza, por causa da minha escolha. No dia que falei a ele em ser historiador, ele me olhou sem acreditar, um tempo, depois me deu um abraço. É só levar a escola a sério, meu filho. E coisas assim, que ele conversa com a gente. Me saí muito bem nas provas do fim do semestre. O sol não aparece inteiro, claror, mas o quarto já lavou o ar escuro, o encardido que escondia tudo. Pelas frinchas da veneziana, uns riscos de pouca luz e o ar frio porque me esqueci de fechar a vidraça.

Repito a palavra férias várias vezes, como fiz ontem, como venho repetindo há três dias.

A Fernanda me disse que também repete toda hora que é pra não esquecer. Me espreguiço com o corpo bom, amolecido, me alongo bem e deixo tudo voltar ao repouso. Se quisesse, nem precisava sair da cama: aqui o dia inteiro me esticando e me encolhendo, até cansar de descansar.

Alguém bate com nó de dedo na porta e reconheço as batidas da mãe. Pergunto o que é que foi, e sua voz abafada de corredor me avisa que o café vai esfriar. Também não sou obrigado a ficar o dia todo na cama, por isso me levanto e corro para o banheiro, antes que... a Fernanda já está saindo com cheiro de pasta de dente e olhos bem acordados. Grito meu bom-dia para o resto da casa, entro e fecho a porta. Descubro que estou um pouco apertado.

Só quando sento minha mãe se levanta e começa a despejar o leite e o café em nossas xícaras. Ela faz isso com muito gosto, como se ainda estivesse amamentando a gente. E nós aceitamos sua ajuda, não porque precisemos, mas porque achamos que ela precisa.

Termino de tomar café e vou espiar outra vez a estante que ganhei na semana passada, presente da mãe. Ela está contente comigo e me deu o presente mesmo sem ser meu aniversário. Do lado da mesa do meu quarto, tinha um vão desocupado. A estante encaixou direitinho. Acho até que ela andou medindo o espaço. É de mogno, ela disse, como se estivesse me dando uma joia. Bem, com essa cor avermelhada e o desenho da madeira, as nervuras, apesar do tamanho pra mim é uma joia mesmo. A Fernanda vem atrás, também quer ver outra vez. Já imaginou isto aqui cheio de livros?, e ela quase baba como se a estante fosse dela. A mãe prometeu uma pra ela também, no segundo semestre. Uma coisa bonita a gente não cansa de olhar.

O pai veio avisar que está indo com a mãe até o centro. Ele precisa deixar umas notas na secretaria da escola e depois vão fazer compras no supermercado.

O enigma dos livros foi desvendado, mesmo assim não voltamos à construção da cabana.

No fundo do quintal

O pai, no dia em que foi ver a caixa de cimento enterrada (foi assim que ele explicou, uma caixa de cimento muito grande enterrada) exigiu que eu arrombasse nossos túneis, que ele não ia sair por aí se arrastando, como nós fazíamos. Mas não é só por causa do frio, que tem sido muito rigoroso. Parece que depois de todas as experiências que tivemos, a construção de uma cabana ficou sendo um negócio meio babaca. A Fernanda pergunta. Sem graça. O que a Fernanda pergunta? Vamos, sim.

Abrimos a porta e as janelas do quartinho das ferramentas, iluminamos o máximo que dá, porque aqui, minha mãe disse um dia, até rato deve morar. Aranha eu já vi uma porção. O pano velho que cobre os livros está grosso de poeira. A Fernanda começa a espirrar e eu jogo o pano pra trás da pilha de livros. Ela reclama, então jogo logo cinco livros sobre seus braços estendidos e minha irmã sai depressa, dizendo que vai morrer asfixiada. Onde será que ela foi aprender essa palavra, e com essa pronúncia? Pego outra pilha de livros e saio também.

Na varanda, chamo a Fernanda de volta, que, assim como estão, os livros não podem entrar no meu quarto. Eu também não quero morrer asfiquiciado. Ela volta rindo, pois sabe que sua pronúncia estava errada. Esse xis é um problema, tem um milhão de pronúncias.

Enquanto minha irmã vai buscar um espanador, passo um pano seco nas capas e nos pés dos livros. Ensino a Fernanda a arejar bem cada um dos livros, abrindo um por um e fazendo as folhas correrem bastante. Então o espanador termina de tirar o pó.

Só agora percebo que a cretina está de roupa limpa mexendo com sujeira. Repreendo a pirralha com os direitos de irmão mais velho e ela ergue os ombros. Agora já sujei, me diz, quando terminar o serviço eu troco de roupa.

Os livros vão sendo enfileirados na estante de qualquer jeito, na medida em que são limpos. Depois organizo melhor. O pai disse que o certo é manter a ordem alfabética do sobrenome do autor. Fica mais fácil pra procurar. A Fernanda traz mais uma batelada que ela acabou de espanar.

Fica admirando as lombadas e diz que vai ficar muito bonito. Pergunto a ela se não quer ficar com alguns, para quando ganhar sua estante, e ela diz que não, que os livros dela vão ser de outra qualidade.

Mais duas, três remessas acho que terminamos o serviço. O pai e a mãe, faz bastante tempo que eles saíram para o centro. Um barulho de carro para lá na frente: acho que eles chegaram. Não, não podem ser eles porque alguém está batendo palmas na calçada. As sobrancelhas da Fernanda se levantam em arco e por baixo delas os olhos me perguntam quem será que está aí? Digo seco à minha irmã que vá ver quem é. Ela corre até a porta da sala e volta dizendo que é um homem e que ele está parado do lado de fora do portão, esperando. Sozinha ela não teve coragem de perguntar o que ele quer.

Voltamos os dois até a porta, que eu abro um pouco, só o tanto pra nossas cabeças poderem ser vistas. Pergunto o que o homem deseja e ele também me pergunta. Quer saber se é aqui mesmo que mora dona Ester de Oliveira Galhardo.

Nós dois confirmamos ao mesmo tempo, então digo que nossos pais ainda não chegaram, mas não demoram. Ele diz que espera e entra no carro. Saímos correndo e fechamos as portas e janelas. Nosso trabalho fica interrompido, à espera de melhor momento.

    Sentados na cozinha, nos olhamos sem nenhum prazer. Ouvir o nome da gente é uma coisa comum, eu digo à Fernanda, mas ouvir assim por extenso, o nome inteiro, isso quase sempre assusta. Ela concorda apenas com movimento de cabeça. Parece que não está com muita vontade de conversar. Eu sinto que ela está tensa. Sinto em mim mesmo que ela está muito tensa. Depois de algum tempo, a tola me assusta com a pergunta: – Será que ele veio prender a mamãe? – Eu digo que não. Que de onde é que ela foi tirar uma ideia tão absurda. Voltamos a ficar em silêncio, e agora sou eu que começo a ficar com medo de que minha irmã tenha razão. Não queremos fazer nada, aqui na cozinha. Nem comer nem coisa nenhuma. Só queremos estar parados, escutando até o vento nos galhos das árvores. Nossos ouvidos engatilhados.

3 de julho

Puxa, que dia eu tive hoje. Nem sei como ainda tive força pra pegar o diário. De manhã ajudei o Eugênio a limpar e guardar os livros numa estante nova que ele tem lá no quarto dele. A minha mãe disse que vai me dar uma igualzinha no segundo semestre. Eu até já arranjei lugar pra ela no meu quarto.

Eu só voltei ao diário porque fazia muito tempo que não escrevia nada. O mês de junho foi de lascar. Estudei muito, peguei uma gripe arrasadora, minha garganta resolveu me maltratar, enfim, consegui sobreviver e não me queixo das notas que tirei.

Hoje de manhã, a gente estava limpando e guardando os livros do Eugênio, quando um carro parou aí na frente da casa. O meu pai e a mamãe estavam no centro resolvendo assuntos, e um homem magro e muito alto perguntou se era aqui que morava a dona Ester de Oliveira Galhardo. Ele tinha uma pasta de plástico na mão. Fiquei trânsida de medo. Ai, ficou feio, parece que não é assim. Melhor conferir no dicionário. E não é mesmo. Fiquei foi transida de horror, pensando que ele pudesse ter vindo pra prender minha mãe.

    Ficamos com a casa toda fechada até que ouvi o ruído do motor do nosso carro. Corremos, o Eugênio e eu, para espiar por uma fresta da janela. Eram eles, sim, que chegavam pra nos salvar. O homem desceu do carro e ficou um tempo conversando com meu pai e minha mãe, lá fora, na calçada. Minha mãe assinou uns papéis em cima do carro dele, devolveu a pasta e ficou com um papel na mão. Fiquei sabendo depois que aquilo era uma intimação. A audiência com o juiz vai ser no dia três de agosto, daqui a um mês.

A dona Ester não conseguiu mais sorrir, e seu rosto me pareceu mais pálido. Ela guardou o papel e fez um círculo vermelho na folhinha em torno do dia três. A intimação é pra que minha mãe compareça a uma audiência no fórum de Coivara, como ré, pronunciada pelo Ministério Público. Só o fato de ser chamada de ré, ela, que não teve culpa nenhuma, abalou a coitada. Mais tarde encontrei ela deitada na cama e chorando. O nome dela num papel com o timbre da justiça e qualificada como ré, tudo isso foi muito forte. Não sei como ainda tive nervos para sentar aqui e escrever o que se passou com a gente.

Só depois do almoço que terminamos de limpar os livros. Agora

Finalmente as férias

O Eugênio está lá, organizando sua estante por ordem alfabética de sobrenome de autor. Ele está tão bobo, esse meu irmão, que já se sente adulto. Cheio de importâncias. No segundo semestre também vou ter uma estante pra guardar meus livros.

Sozinhos à espera

Sozinhos à espera

O frio já vinha ameaçando bater pesado em lábios e orelhas desprotegidos. Antes de saírem, de manhã, Ester lambuzou a boca dos filhos com manteiga de cacau, conferiu as blusas de lã e os cachecóis, ajeitou silenciosa o que já estava no jeito, com mãos ágeis e providentes, um pouco nervosas como se estivessem com medo de parar. Fora de seu costume, veio até o portão a fim de que ninguém precisasse descer para fechá-lo. E abanou com a mão no alto até o carro passar pela frente da casa de sua amiga Zilá e sumir. A vizinha não estava na frente de casa, mesmo assim, Ester ainda demorou-se um momento na calçada, quem sabe ela aparece.

Suas mãos secas e ásperas esfregaram as faces ásperas e secas e diminuíram a sensação de frio. Cruzou os braços protegendo o peito, arqueou de leve a cabeça, encolheu os ombros e entrou, com leve baque fechando a porta. Era esperar. Não havia, dentro de casa, coisa alguma que lhe pudesse trazer tranquilidade, muito menos alegria.

A lembrança da audiência roía-lhe o cérebro sem fazer barulho. Louça na pia, chaleira no fogão, roupa esperando o calor do ferro, gavetas, armários, tudo mudo, sem graça, uma nuvem cinza havia baixado sobre o planeta. Ester suspirou fundo, um suspiro sonoro e sentido.

No caminho para o primeiro dia de aula do segundo semestre, Fernanda perguntou ao pai:

— É hoje, não é papai?

Álvaro continuou atento à rua, ao lento movimento de pessoas, carros e animais amanhecendo e à trepidação das rodas nos paralelepípedos. Não respondeu, pois não tinha ouvido a pergunta, ele também, os olhos de fora vendo apenas o do costume, visão sem esforço algum, mas os olhos de olhar pra dentro, estes sim, imaginando todo tipo de paisagem.

— Pai!

Fernanda se impacientou com a falta de resposta e sua voz saiu da medida certa, a medida que se usa com o pai.

— O que foi, minha filha?
— É hoje, não é?
— Pois é.

A expressão de Álvaro foi de espesso desalento, uma expressão próxima do gemido. As palavras pareceram subir do peito para arrebentar antes de chegar à boca. Pois é. E a menina, que esperava algum comentário que desse um pouco de calor em manhã tão fria e que substituísse o sol, dando esperança, não ouviu mais do que as duas palavras, mais gemidas do que faladas. A menina olha para o banco traseiro, com o rosto cheio de perguntas. Eugênio está triste, sem vontade de conversar, e desvia os olhos para a paisagem que, de tão familiar, não é mais percebida.

Fim das férias, reencontro de amigos no primeiro dia de aula, mas dentro do carro nenhum dos três está pensando nisso. Ninguém mais se pronunciou até o desembarque no pátio da escola, quando Eugênio e Fernanda se despediram do pai antes de sair correndo.

A ansiedade de Eugênio transforma seu rosto de criança em máscara dura, sua careta. Ele olha em todas as direções, por cima das cabeças, vai até a escadaria de entrada, volta, encontra Fernanda conversando com algumas colegas de classe, segue adiante, perto do desespero. Eis que ao longe, rastreando o pátio com olhos azuis, ele descobre Beatriz ao lado de uma pilastra. Abana e pula até que ela também o vê.

Quase um mês sem se encontrarem. Beatriz tinha acompanhado os pais na visita aos avós, em outro estado, e só na véspera à noite chegara de volta.

Estavam ambos emocionados, ao se abraçarem, por isso não conseguiam soltar palavra alguma. Se olhavam de longe, de perto, e riam por nada, e o riso que não se desmanchava nos rostos, incessante, era o máximo que conseguiam dizer. E os dois entendiam perfeitamente todos os significados que estampavam no semblante. Agora estavam felizes.

Por fim, chegando a hora de procurarem seus lugares, Eugênio, num lampejo de coragem, mas ainda trêmulo, cochichou ao ouvido de Beatriz:

— Você é a menina mais bonita que eu já vi.

Nenhuma resposta além dos olhos de Beatriz, que escureceram um pouco no momento da despedida.

Ao chegarem de volta das aulas, encontraram a mãe vestida, sapato de salto alto, maquiada e um penteado simples, como ela gostava. Pouca joia, que Ester era bastante discreta. A mesa estava posta e o almoço fumegando nas travessas. Como sempre, um almoço frugal, de dia de semana, mais parco talvez que o costume, pois a dona da casa só com muito esforço conseguiu uns restos de concentração para não deixar a família de jejum.

— Mas a audiência não é só às três?

A mulher encarou o marido com olhar vazio, demorando muito para entender o que ele quisera dizer com a pergunta.

Por fim, piscou várias vezes e disse que sim, que só às três, mas que ela queria sair logo. Não suportava mais ficar em casa, olhando tudo como se não estivesse vendo. Precisava de ar, de mudança, de movimento, por isso preferia chegar logo a Coivara, pois a espera nem seria de tanto tempo assim. E enquanto falava ia servindo os filhos e o marido. Ela, provedora, desde sempre.

— Já imaginou o carro quebrar na estrada e nós chegarmos atrasados?

As crianças se entenderam com as sobrancelhas erguidas. Fernanda não segurou o lábio inferior que se pôs a tremer, teimoso, indomável, até que duas lágrimas foram enxutas nas costas de sua pequena mão esquerda, aliviando-lhe o peito.

O beijo que Ester deu nos filhos, ao sair, era beijo de despedida.

Sozinhos em casa, sem ter o que fazer ou sem vontade de fazer qualquer coisa, ligaram a televisão com o som bem baixo para não verem nada além de seus pensamentos. Foi Eugênio quem comentou:

— Ela me beijou como se nunca mais fosse me ver.

Fernanda concordou, dizendo que teve a mesma sensação. E, dizendo isso, não segurou mais as lágrimas que lambuzaram seu rosto com rastros brilhantes.

— Não seja boba, Fernanda. Você parece que acredita mesmo na prisão da mãe. Foi um acidente, entendeu? Ela não teve culpa de nada. O advogado disse que é um caso muito simples. A audiência é uma formalidade obrigatória porque teve vítima.

— Eu sei, mas fico com pena da minha mãe. Ela estava muito nervosa. Só isso.

Por algum tempo se calam e ficam assistindo a um desenho animado de monstros violentos, que destroem seres humanos com grande facilidade, pulverizando-os a distância. Por fim, Eugênio se aborrece com a repetição de truques, com os lugares comuns de todos os filmes do mesmo gênero, e resolve espiar o que está acontecendo no pomar.

Já existem laranjas maduras, poucas e luminosas como pequenos sóis no céu verde-escuro das copas. Mal apanhou a primeira, aparece Fernanda com passo apressado.

— Você não ia terminar de ver o desenho?

— Mas já acabou.

— E como é que termina?

— Ora, você sabe muito bem. Aquele mocinho acerta o alvo numa falha do monstro, bem na nuca, e manda uma bola de fogo que destrói o bichão.

— Puxa vida! Que original, Fernanda!

Os dois conseguiram rir do desenho, aliviados da tensão que vinham carregando desde manhã cedo. Apanham mais algumas laranjas e voltam pra casa. Atrás, as cicatrizes de uma história que agora conhecem.

— E você, Eugênio, você nunca tem medo de nada?

— É do caso da mãe que você está falando?

Fernanda sacode a cabeça.

— Claro que tenho medo. Mas o medo que sinto é porque não se pode ter certeza, entende?

A casa está silenciosa, a televisão desligada, e os irmãos não estão com vontade de chupar laranja nenhuma. Eugênio chega a pensar no quarto, para esperar, mas percebe que não suportaria tanto peso sozinho. Sentam-se à mesa da cozinha, sem ter o que fazer, sem vontade de fazer coisa alguma. Mesmo os assuntos já são ralos, quase tudo que interessa no momento já foi dito. Fernanda se lembra da cabana e pergunta se nunca mais vão terminar a construção. Eugênio estica o beiço, derruba um pouco a cabeça para o lado e solta, meio sem vontade:

— Se der tempo, quando o frio passar a gente termina.

Novo silêncio, longo como se o dia não fosse mais terminar. Fernanda pula fora da cadeira, pega um copo no armário e oferece água ao irmão.

— Não, não quero.

Abre a geladeira, enche o copo e o esvazia em cinco goles. Enche novamente e leva para Eugênio. O menino olha o copo com olhar mais longo do que o silêncio. Por fim, toma a água e fica segurando o copo vazio.

— Você acha que pode acontecer alguma coisa pra mamãe, Eugênio?

— Claro que não, menina chata!

— É que já são quase quatro e meia e eles ainda não voltaram.

Atentos, gestos lentos, os irmãos não queriam pensar no pior, também não conseguiam pensar no melhor. Ficaram neutros, sem pensamentos mais agudos, apenas flutuando no silêncio da casa inteiramente vazia, como um espaço morto. Súbito, Fernanda pulou da cadeira e correu para a sala para abrir-lhe a porta. Só então Eugênio ouviu o ruído ainda distante do carro.

Abrir o portão e ficar de guarda, um de cada lado, esperando que o carro entrasse, não demorou mais do que dois segundos.

Sozinhos à espera

Os pais, lá dentro, vinham iniciando, com os sorrisos abertos no rosto, a festa que ainda iria até tarde da noite.

Quem é
Menalton Braff

Sempre fui doido por histórias. A primeira de que me lembro foi a história do Peri e da Ceci. Eu era tão pequeno que a paixão pela história dos dois transbordou e fui atrás de outras histórias. Então conheci o Bentinho, Macunaíma, Aurélia, Brás Cubas, esse povo todo que mora nos livros da literatura brasileira.

Passei boa parte de minha vida contando a história dessas personagens aí de cima e de muitas e muitas outras em sala de aula. Acabei fazendo Letras só pra ter o direito de contar as histórias que eu lia. Mas eu conhecia ou inventava histórias que não estavam escritas e isso me incomodava, porque ninguém mais podia se emocionar com elas. Então, um dia, resolvi repartir com os outros as histórias que só eu conhecia. E comecei a escrever.

No início, escrevi livros para adultos, mas depois de algum tempo descobri que sabia um pouco a língua das crianças e dos adolescentes, pois vivia cercado por eles. Não deu outra: comecei a escrever pra vocês.

No fundo do quintal é meu sexto livro infantojuvenil e juro pra vocês que me deu muito prazer escrevê-lo. Sabem por quê? Como gosto muito de história, acabei gostando também de História. E eu conhecia algumas passagens da História do Brasil que já começam a ser esquecidas. Fiquei com pena do Brasil – essa falta de memória. Um dia, passando por uma rua desconhecida, num arrabalde distante, vi uma casa velha no meio de um quintal imenso. Foi o que bastou: comecei a "ver" o Eugênio e a Fernanda, lá no fundo do quintal, desenterrando um episódio da História do Brasil.

Mas não se engane – este não é um livro de História. O casal de irmãos, no início, só eu conseguia ver, porque eram personagens de uma história. Agora você também pôde vê-los trabalhando em uma trilha para chegar ao local onde vão construir uma cabana. Acredito que tenha descoberto muita coisa com eles.

Impressão e Acabamento
Oceano Indústria Gráfica e Editora Ltda
Rua Osasco, 644 - Rod. Anhanguera, Km 33
CEP 07753-040 - Cajamar - SP
CNPJ: 67.795.906/0001-10